ダンスール・ノーブル

阿部年展
ABE Toshinobu

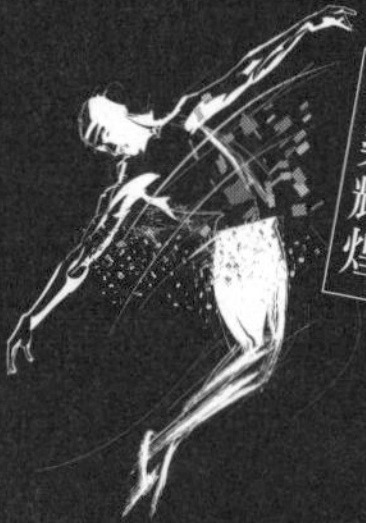

金碧輝煌

文芸社

目次「ダンスール・ノーブル」

プロローグ

＊居酒屋にて

平成13年の初冬、今日も関直人は1人でカウンター席に腰を下ろし、背筋を真っ直ぐに伸ばして好きなビールを飲む。仕事で海外や他県に出る時もあるが、経堂にいる時は毎日決まって午後の8時過ぎにこの店に顔を出す。店に入る時に、「マスター今晩は」とは言うものの、後はビールのお代わりをオーダーする時か、おつまみの品を注文する時以外は、ほとんど誰ともしゃべろうとしない。時々考え事をするかのように箸を止め、そして何かを表現してなのか、両手を小さく、しなやかに動かす。

この店は経堂駅に近い地下にある居酒屋だ。きっと囲炉裏端《いろりばた》風を演出してであろうが、タバコの脂と油で汚れた壁に、私が子供の頃に父が編んでくれて、雪中で履いていたのと同じような、稲藁で編んだ藁沓《わらぐつ》と蓑《みの》が掛けてある。その藁沓や蓑の裏から、時々小さなゴキブリが這い出して壁を走る。こんなに寒い冬でもゴキブリは冬眠しないようで、店の中のどこか暖かい所に隠れているのだ。藁沓や蓑は、きっと格好の隠れ場所なのだろう。

ある日、

「マスター、ゴキちゃんが出たよ」

自分が座る席の、右横の壁に掛けてある蓑の間から這い出したゴキブリを見て、常連客の郵便局員が気持ち悪そうな顔をしてマスターを呼ぶ。すると、マスターは下駄をカラコロ鳴らして駆け寄り、素手でゴキブリを捕まえ、ティッシュペーパーに包んでゴミ箱に捨てた。これが日常なので、常連客は誰も驚かないし、慣らされてしまってか、気持ちが悪いとは思うものの、特に不潔だと思わなくなってしまった。しかし、マスターがゴキブリを捨てるところを見ていた一見客は、驚いて眉をひそめる。

捨てた後、手を洗い、前掛けで拭くからといっても、ゴキブリが這う店が飲食店に相応しいはずはないと思うが、懲りずにまた来るのが常連客だ。

店の奥の天井下の棚には小型テレビが置かれ、野球のある時は、大抵ジャイアンツ戦が映し出されていて、ほとんどの客は観ないが、マスターだけが手すきの時にチラチラ観ている。そのテレビのある棚の下の壁には、短冊のような木の札に書かれたお品書きが一つの面に掛けてあり、他の空いた壁には、マスターがお客に頼んで薄い黄色の模造紙に書いてもらったお品書きが、隙間なく張られている。だからすごい品数に見えるが、同じ品物が同じ模造紙に何箇所も書かれているので、実際の品数はそう多くはない。

カウンター席の奥が厨房で、カウンターに座った競馬好きのお客がマスターと向かい合って勝ち馬の予想を言い合ったりしている。カウンターテーブルは広くて長い一枚板が設われ、これは立派だが椅子は木造で、座る部分は縄で編んだ年季物だ。

その椅子の上に、１００円ショップで買った薄い座布団が敷かれているが、クッションというよりも汚れ隠しが狙いだ。年季の分だけガタがきていて座るのが怖い椅子も何脚かあるが、お客は慣れたもので、ぐらつく椅子をだまし、だまし、上手に使っている。

カウンターと厨房の境にはステンレス製の受け皿があり、そこに、生ものの鮮度を保つため氷が敷かれ、魚や季節の野菜などが載せられている。

果物を載せる竹細工の籠も置いてあるが、底は果汁や水分などが浸食してか、黒く変色し穴が空いていて、持ち上げたらきっと果物は漏れて落ちるに違いない。

マスターは、以前漫画で見た「〇〇食堂」のマスターにもう少し肉をつけた感じの風体で、店の雰囲気も何となく似ているような気がする。

襟のない前ボタンの薄い板前着の上下に、染め物用の甕《かめ》に泥水を入れて染めあげたかのような薄茶色に染まった前掛けの紐を、立派に張り出したお腹の少し下で結んでいて、その前掛けで、魚をさばいた後も、ゴキブリを捕まえた後でも、同じように手を拭く。

ある時私は、汚れて薄茶色になってもめったに洗濯をしないような前掛が気になったので、思い切って聞いてみた。

「マスター、たまに前掛けを洗っているの？」

「もちろん、洗っているに決まっているだろう。ほら、触ってごらん」

マスターが前掛けの裾を掴んで差し出したので、恐る恐る触ってみた。べとべと油で汚れているのではないかと訝ったが、意に反して、決して不衛生な状態ではなく、長年使い続けたことで徐々に変色したようなので、安心した。足は下駄履きだから、靴下は穿かな

い。どう見ても足より胴の長いマスターに、いつだったか、

「マスターはお尻の下がすぐ踵《かかと》だからなぁ」

大げさでなく、本当に短く見える足なのでそう言ってみたら、

「うるせぃ、踵の上に脛《すね》だって腿《もも》だってあるよ。ただ短いだけだ」

下駄を履いたその短い脚で、私を蹴るような仕草で返した。この格好がマスターのトレードマークで、春夏秋冬、店では服装を替えることがない。板前着はめったに新調しないので、前ボタンが取れかかっていて、時折太鼓のような大きいお腹が見える。ひどい時は、生地が薄くなって破けそうになっている。それを見たお客が心配して、

「板さん、そろそろ買い換え時だね」

などと買い換えを勧めても、本人は意に返さない。

それがある日、素知らぬ顔をして新品の板前着を着て厨房に立っていた。

「おぅ、板前着を新調したね。男前が上がってよく似合うよ」

常連客なら誰もが気付いているのだが、誰かがそう言ってくれるのを待っていたマスターだから、お馴染みさんに褒めてもらえて、満更でもなさそうに鼻孔を膨らませ、照れたような顔をして太鼓腹を叩く。冬の木枯らしの日でも、この姿で毎日駅前の売店にタバコやスポーツ新聞を買いに行くからよく目立ち、この付近の名物男でもある。

「マスター寒くないの？　冬でもそんな格好をしていて」

新潟の豪雪地帯で生まれ育った私でも、身震いがする程寒く感じ、駅の改札を出て帰宅

を急ぐ人達は、厚手のコートを着てマフラーを巻く冬の最中だから、余計なことと思いつつも、つい聞いてしまった。するとマスターは、

「栃木の山の中の空っ風で鍛えた身体だ。そんな軟《やわ》じゃないよ」

案の定、そう言い返して胸を張る。マスターの出身は那須高原辺りだそうだ。

私は、隣に腰掛けた客と他愛もない話で笑い合うこともあるし、政治や経済談議に熱くなることもあるが、大抵は小説を持って店に入り、活字を追いながら日本酒をチビチビとやるのが好きで、ゆっくりと定量を飲みながら、夕食を兼ねたおつまみを2、3品食べてから、経堂駅に隣接しているマンション14階の自室に帰るのが日常だ。

少し前まで、駅から農大通りを行って城山通りを渡り、左奥に入ったマンションの一室が事務所兼用の住まいだったので、その近くのおでん屋に好んで通っていた。

その店は、割烹着を着たママさんがひとりで切り盛りする、カウンター席が6席だけの店だが、いつも常連客2、3人が止まり木に羽を休めている。落ち着いた雰囲気のある店で、とても気に入っていたが、事務所の移転で、通う店も近くに転じた格好だ。

住まいを移し、さて適当な店はないものかと何軒か飲み歩くうちに、辿り着いたのがこの囲炉裏端風の居酒屋だ。

私は、すっかりこの店のマスターが店のオーナーだと思っていたが、どうもそうではないらしい。オーナーは他に仕事を持っていて、全てをマスターに任せて、店に顔を出すことはほとんどないようだ。だから、常連客でさえ、誰もオーナーを見たことがない。

この店に何度か通ううちに、少し田舎臭いマスターの風体や言葉遣いが心地よく感じるようになり、いつの間にか毎日の夕食の場となった。

単身赴任を良いことに、時にはこの店で知り合い、顔見知りになった人達と二次会に繰り出すこともある。その中の1人に、歯科医院を営むお医者さんがいて、時には2人で、女の子が隣に座ってくれる店にも行った。

歯科医と入ったその店は、居酒屋と同じ地下にある。

東南アジアから来たのであろうか、若い女性が挑発するかのように、長袖だが胸元を広く開け、膝上20㎝のやけにセクシーなカシュクールワンピース姿の尻を押し付けて、2人の間に割り込むように座ると、きつい香水の顔を耳元に寄せて、

「ねぇ、何飲むの?」

と、歯科医にささやくように聞いた。

「何って、そうだな、ソルティードッグをもらおうかな、阿部さんは何にする?」

「私も同じもので」

傍らに近づいたボーイにその女性が、

「ソルティードッグ2つお願します」とオーダーした。

「あのねぇ、この店であなたに会うのは初めてだけど、お名前は何ていうの? お国はフィリピンでしょう?」

歯科医が傍らの女性の手を握りながら、源氏名を訊いた。

「えぇ、何で分かる、私フィリピンから来たよ。日本の人優しいからだぁい好き」

「そんなこと言っていると変なおじさんが本気にして言い寄るから、注意しなければね。それで、お名前は何というの？」

「私の名前はダリセイ。あなたは変なおじさんじゃないよ、阿部さんも変じゃないね。ほら、ソルティードックが来ましたよ、どうぞ。ねぇ、私もドリンクお願いね」

「えぇっ!?　ダリセイも飲むの？　じゃ自分の分は払ってよ」

歯科医が、ダリセイをからかって言う。

「だめね、私の分もお願い。ねぇ、ボーイさん、ソフトドリンクお願いします」

「あのねぇ、口の中にも神様がいるんだよ、知ってる？」

歯科医が、いたずらっぽい目でダリセイに語り掛ける。

「えぇ!?　神様がいるの？　口の中に？　そんなの私、全然知らないよ」

知らないのはダリセイだけでない。私も、口の中に神様がいるなんて、今まで聞いたことがない。

「ちょっと口を開けてごらん。上の前歯2本が神様なんだよ。1本が大黒様で、もう1本が恵比寿様というんだ。だからよく磨いて綺麗にしておかないと、神様が怒って、ダリセイの歯を全部虫歯にしてしまうんだぞ」

「へぇ、そんなの日本の人しか知らないよ」

ダリセイには、大黒様や恵比寿様が何なのか理解できない。

「七福神という7人の神様がいてね、人を幸福にしてくれるんだけどね、その中で大黒様と恵比須様は、一番偉い神様なんだよ。だから覚えておいて、大事にしなくちゃね」

歯科医はとても話題豊富で話し上手。医局に勤務していた時代や歯科医院でのエピソードなど、身振り手振りを交え、声の抑揚まで変えて話すものだから、ダリセイはお客のグラスが空になったのも気付かず、歯科医ならではの蘊蓄《うんちく》に、私までも聞き惚れてしまう。

話して飲んで、それから独りよがりのカラオケで、懐メロを交互に絶唱する。カラオケは決して人に聞かせるものではなく、自己満足とストレス解消のためのものだと、つくづく思う。他人が歌うカラオケを、聞く側の立場から言わせてもらうと、中途半端に歌の上手い人よりも、音痴を顧みず力唱する人の方に耳は傾き、聞き惚れると言うか、何倍も面白い。

この歯科医だが、長野県内の大学で学び、この近くで開業している。口から先に生まれてきたかのようによくしゃべり、人好きを隠せない人柄だ。店には週に1、2回通う上客で、とっちゃんぼうやのような風体で身体は少し丸みがあり背は高くない。親の躾《しつけ》が良かったのだろう、注文したビールと付き出しに口をつける前に「いただきます」と言って、ぽっちゃり膨れた両手を合わせる。

この歯科医は店に来ると目玉焼きを必ず注文するのだが、この人のオーダーは、至って凡人の私には理解できない。

「マスター、目玉焼きお願い。裏も表もよく焦がしてね」

決まって「焦がしてね」と言うのだ。

マスターが差し出した真っ黒に焦げたような目玉焼きを初めて見た時、私は、

「えぇっ、これ、本当に食べるんですか？」

驚いて、思わず大きな声を出してしまった。真っ黒い目玉焼きもさることながら、ウインナーソーセージも同じように真っ黒で、「焼き物は黒く焦げていないと美味しくないから」と歯科医は宣《のたま》う。どんな味覚を持って生まれて来たのだろう。「親の躾が良かった」というのは取り消しだ。それにしても、よく食べ、よく飲む健啖家だが、翌日が休診でない限り深酒はしない。ある日、治療に来た患者さんに向き合う時の話を聞き、歯科医である前に、ひとりの人間として、その人柄が窺えて頭が下がる。特に、お年寄りに寄り添う姿は、彼の風采と相まって、心の温かさ、患者への優しさが滲む。歯科医は、名前を松本と言った。医院はエレベーターのない建物の2階にあるのだそうだが、私は行ったことがない。身体のどこかが不自由なお年寄りが治療に来て、1階でインターホンを押すと、すぐに階下に迎えに下りて、

「いらっしゃい。大変だったでしょう。さぁ、背中に乗って」

そう言って、何とその患者さんをおんぶして診療室に上がるというのだ。

老人を背負う姿を想像すると少し滑稽だが、何とも微笑ましい光景だ。

先生との出会い

＊居酒屋「清和」

出会いは平成13年の初冬に遡る。私が後に先生と慕う人（関直人）と初めて話をしたのは、ちょっとしたきっかけからだ。

私の、晩酌兼夕食処となった居酒屋の名は「清和」という。この駅前マンションの地下にある清和に、足繁く通うようになってから親しくなった竹山という青年がいる。竹山の実家が経堂にあることから、今は家を離れて、勤め先の会社に近いマンションでひとり暮らしをしているが、実家に来た時に店に顔を出すサラリーマンだ。出会った時は、20代後半の若者だったが、髪が薄く、それを隠すかのように丸刈り頭にしていた。目がクリクリと大きく、笑顔が子供のようで人懐っこい。

その日、私と竹山が店で隣り合ったので、私のたってのお願いでオカリナを教えてくれている音楽講師の菜穂子さんから聞いた、竹山の結婚話を酒の肴に飲んでいた。

「竹山さん、結婚するんだって。この間、菜穂子ちゃんが何だか少し寂しそうな顔をしてそう言っていたけど、おめでとう。でも、菜穂子ちゃんは竹山さんのことが好きなんじゃないの？」

　私は、菜穂子ちゃんの気持ちを知っていたので、率直に訊いてみた。

「とんでもないですよ。菜穂子ちゃんとは他の店でもたまにはお酒を飲みますが、ただの飲み友達ですよ」

　そう答えた竹山だが、薄々菜穂子ちゃんの気持ちを察していたのか、それとも照れ隠しか、薄笑いを浮かべていた。

「知らなかったとしたら、竹山さんは鈍感だね。傍から見たら菜穂子ちゃんが竹山さんに好意を持っているのは見え見えだけどね。それで、お相手とはどこで知り合ったの？　竹山さんの会社は確か、馬喰町だったよね、同じ会社の人かなぁ」

「そうです。２年前に大学を終えて入社してきた女性です。私と同じ職場に配属されてきて、それで親しくなりました。彼女は、草加の実家から通勤しているんですが、ひとりっ子なので、結婚したら私もそこに住みます」

「そぉ、それじゃマスオ君になるんだ」

「そうです。竹山の名は変えないので、マスオ君になるんです」

「昔と違って、お嫁さんのご両親との同居はなかなか良いらしいよ。友達にもマスオ君がいるけど、大事にされているようだし、第一、嫁姑問題がないから気楽だそうで、そのマスオ君は『私は、たまに義父の晩酌に付き合うだけで喜んでもらえる幸せ者です』だとか何とか言っていたよ。それで、結婚式はいつ、どこで挙げるの？　日程が決まったら彼女を此処《ここ》に連れて来てよ。お祝い会をしなければね」

そう言う私に竹山が、

「阿部さん、ご迷惑でなければご招待しますから、結婚式に出席してもらえませんか？来てもらえたら嬉しいんですけど」

「えぇっ、招待してくれるんだ。そりゃぁ、喜んで出席しますよ」

まさか、招待されると思っていなかったので、飲み友達の誘いが素直に嬉しかった。

「それじゃ招待状を出しますから、よろしくお願いします。菜穂子ちゃんにも出席してもらいたいんですけど、本当に私のことを気に掛けていてくれたとしたら、無理かな」

「それは、竹山さんの誠意あるアプローチ次第だと思うよ。竹山さんに好意を持っていたとしても、喜んで出席するんじゃないのかな」

竹山の結婚話で盛り上がっていると、店の入り口に先生の姿が見えた。先生は、いつもの席が塞がっているのを目で確認してから、竹山の隣の席に腰を下ろした。この日は月末に近く、多くの会社が給料日のためか、店は混んで満席だった。しかし、竹山の隣にいた先客が支払いを済ませて、たった今店を出たばかり。空いた席がそこしかなかったのだ。

いつものように「マスター、ビールちょうだい」とそれだけ言うと、

「はいよぅ」

マスターは心得たもので、既にビールサーバーから大ジョッキにビールを注ぎ始めていて、すぐに「お待ちどう」と言って、カウンター越しではなく先生の座る椅子に近づき、後ろからジョッキを差し出した。アルバイトがいる時も、最初の1杯だけはマスターが直

接相手をする。この店の最上客にだけ見せる気遣いだ。

先生はいつものように背中を真っ直ぐに伸ばし、ゆっくりと美味しそうにビールを飲み始めたが、今日は何が気になるのか、時々私達の方に顔を向ける。

「はい、お通しだよ」

マスターが調理場から、カウンター席の先生に、炉端焼しゃもじ（木製で長い柄が付き、先端は物が載るように広くした作りの道具）に、小皿を載せて差し出した。先生がお通しに箸をつけ、口に運ぼうとしたその時、竹山が、まだビールが半分以上残っているジョッキをテーブルに置こうとして、皿から滑り落ちていた割り箸の上にそのジョッキを載せてしまい、はずみでジョッキが倒れ、ビールが先生の方に向かって流れてしまった。

「あらあら、どうしましょう」

先生は女性のような言い草で、自分のおしぼりを広げてテーブルの上のビールを拭き始めた。竹山も慌てて、

「わぁ、やっちゃった。阿部さんのおしぼりも貸して」

私が渡したおしぼりも重ね、流れを堰き止めるようにしてテーブルを拭いた。

「マスター、もっといっぱいおしぼりをちょうだい」

先生がマスターを促す。

「すみません、不注意で」

竹山が済まなそうな顔を先生に向け、両手を合わせて詫びた。

「あぁらー、いつも来ていらっしゃるお2人よね」

先生はおしぼりを持った手でテーブルを拭きながら、そう話しかけてきた。

これはチャンスだ。何度も見かけているものの、何だか近寄りがたいオーラを放ちながら黙ってビールを飲むこの人は、他のお客とは明らかに違う感じの人だ。だから、前から興味を惹かれていていつか声をかけてみたいと思っていたのだ。

「いつもいらっしゃっていますが、お名前は、何とおっしゃるのですか?」

少し緊張気味に先生に尋ねてみた。

「関といいます」

「関さんですか。失礼ですがお仕事は何をされているのですか?」

「そうね、何と言ったらいいのかしら」

少し困ったような表情を浮かべる先生に、

「お見受けした感じから、芸能関係のお仕事ではないですか?」

私は、最初に先生を見た時の立ち居振る舞いや、マスターと時折交す数少ない言葉遣いから、これまでは何だか、最近よくテレビで見かける、おネエ系の人ではないかと思っていた。ところが、まだ少しだが直接話をしてみて印象が変わった。決しておネエ系ではなくて、職業柄からくる言葉遣いではないかと思えてきた。

「いいえ、違いますよ。私は芸術関係のお仕事をしています」

そう答える先生の口調は、「芸術」の語彙を少し強調していたように私には聞こえた。そういえば先生はいつも帽子をかぶっているが、その帽子の下の髪の毛はロングで、後ろで束ねていた。この日は気温が10度を下回る初冬の寒い日で、装いは、黄色と赤が目立つ毛糸のような繊維で編んだロングコートを着ていた。席に着くとそのコートを脱いだが、上着は茶のブレザー、パンツはゆったりとしたジーンズで、革のブーツを履いていた。更に、左中指に金色の大きな指輪を、薬指には翡翠《ひすい》らしきリングをはめて、色は薄いが、ピンクがかったサングラスは、少し薄暗い店の中にいても外さない。

そんな出で立ちだから、誰が見ても一般のサラリーマンでないことは分かるが、芸術といっても幅は広い。

先生の隣に座る竹山だが、一通りこぼれたビールを拭き終えると、

「もっと聞き出せ」

と言うように、私の方に顔を向けて催促する。芸術などと言われても全く縁もゆかりもなく、言い淀む私の左足を、今度は止り木に止まる足でちょんちょんと蹴って、自分で聞いたらいいものを、私に聞けと、また催促してくる。

「芸術関係ですか。例えば絵を描かれるとか、書道をされているとか、どのような分野のお仕事をされているのですか？」

差し障りのない、誰もがするような質問を続けた。先生は少し言い難《にく》そうに下を向き、じっとジョッキを見つめ、数秒の間を置いてから、

「バレエの振付けをしています」

特に偉ぶることもなく、真っ直ぐに前を向いたまま答えてくれた。

「えぇっ、バレエですか、あの『白鳥の湖』とかを踊る」

私でも、「白鳥の湖」のような有名なバレエの演目は写真を見て知っているが、それを踊るバレエの世界など知る由もない。次に何を聞いていいのか、後が続かない。今度は、私が竹山の足を蹴って何かを聞くように促したが、竹山も芸術に縁遠いのか、私の方に顔を向けて、右目のウインクで追加質問を拒んだ。

先生の左隣、反対側に座るふたり連れは、山梨県都留市にある高校の同級生だそうで、彼らもまたこの店の馴染み客だ。時々、季節毎に採れる地元の幸を、マスターへの手土産に持って来てくれるので、私達もお相伴にあずかっている。

ふたりも、先生の仕事に興味があるようで、

「へぇ、先生はバレエの振付師ですか。すごい人なんですね」

いつの間にか、ふたりも「先生」と呼んでいた。興味津々で話に割り込んできたものの、彼らも芸術に疎いのか、その後の質問が続かない。ただ者ではないと思っていたが、私の想像を超えた領域で生きるプロだと知り、これまでの先生に対する興味が、畏敬の念に変わる程のインパクトを受け、見る目が急に変わった。

『人は人の職業で、その人の価値を決めてしまうのだろうか？』

私にとって、芸術と名の付く分野は縁遠く、ましてやクラシックバレエなど想像すらできない。バレエを観たいと思ったことなど一度もない。だから、バレエと聞いただけで、

言葉が全く通じない異文化の国に放り出されたようで、この芸術を思い描けるだけの知識も教養も持ち合わせていない。次の言葉を見つけられないまま先生への質問は途切れてしまい、その後どんな話をしたのか、その日の記憶がそこで止まっていて定かでない。しかし、そんなことがあって以来、清和で先生が私を見つけると、

「あらぁ、阿部さん、いらしていたのね。隣に座ってもいいかしら？」

私の隣の席が空いていると、先生がそこに座るのが当たり前のようになり、私が後から店に顔を出す時は、

「あっ、今日は先生が早かったですね」

と言って、隣の席が空いていればそこに座るようになった。いい話し相手が見つかり、清和に行くのが楽しみになり、

「今日も、いつもの時間に来るのかなぁ」

などと、お互いがお互いの出没を待つようになり、やがて先生と私は、友人と言うか、飲み友達と言おうか、心を許し合える親子のように親しくなっていった。

先生の生誕地

＊福島県白石町

先生が生まれ、17歳までを過ごした白石町は、福島県の中部に位置する。西の奥羽山脈、東の阿武隈高地に挟まれた太平洋側内陸の地域で、奥州三関の1つ白石の関が置かれ、陸奥の玄関口として知られている。

新白石駅から約2・5km行くと、日本最古の公園として知られる西湖公園があり、シーズンには湖畔に何百本もの吉野桜が咲き誇り、大勢の観光客で賑わう。また、山奥の秘湯と呼ばれて知る人ぞ知る「きのえね温泉」もあって、そこでは、たった1軒だけの温泉宿「旅館大神屋」がひっそりと佇み、温泉好きの旅人を待っている。

＊先生の生家

先生の生家は、ここ福島県白石町だ。

白石駅に近い関元《せきもと》家で、昭和4年7月30日、7人兄姉の末っ子として産婆さんに取り上げられ「眞治《しんじ》」と名付けられた。読んで字の如し、「正しく生き、世を治める人に育つ」

そう願う祖父による命名で、父も母も、とても良い名前を授かったと肝銘した。

祖父は、硯と和紙を取り出し、

「命名　関元眞治」

と筆で書き記し、神棚の梁に糊で貼り、そして厳粛な面持ちで「二礼二拍一礼」で、眞治の健やかなる成長を祈念した。人類が初めて経験した、第一次世界大戦の終戦から11年、アメリカのニューヨーク証券取引所で株価が大暴落した年である。その影響で銀行や企業が次々と倒産し、アメリカのみならず全世界に与えた影響はとてつもなく大きく、金融市場が壊滅する程の出来事だった。日本では「暗黒の木曜日」として人々の記憶に刻まれ、世界恐慌がひしひしと迫り来るようで、心に重い澱のような嫌な感じが広がり出していた時代だ。

そんな世相だったが、眞治の生家は裕福で、祖父が大正時代に始めた魚屋は、街の人達の食卓を潤し、大いに繁盛していた。眞治の長姉が地元のお菓子屋に嫁ぐ時には、何と人が羨むほどの贅を尽くし、花魁道中のような豪華絢爛の行列を組んで嫁がせたそうだ。

しかし、次第に町のあちこちに魚屋が開店するようになると、先見の明を持つ祖父は、これからは大衆芸能が人気を博すと見通し、全国を巡りながら役者が演じる「芝居小屋」を営むことを思い立った。興行は、芸能事の開催を仕切る興行師抜きでは考えられない。全国を旅する芸人の手配や興行日とその期間などを1つの芝居小屋が独自に行なおうとしても、それは不可能だ。興行は、興行師に任せることで成り立つのだ。

初の芝居が興行されると、祖父が目論んだ通り、芝居小屋の周りには興行師が手配した店も集まっていつも大勢の観客で賑わいを見せた。この芝居小屋は、町の中心部にあった魚屋の跡地にあり、大正年間に建てられた木造作りで、奥行きの深い造りになっている。

興行日になると、開演を告げる太鼓が町内に響き渡り、既に入場券を買って外で開演を待っていた大勢の観客が殺到する。門を入り、下足番に履物を渡すと、番号札が渡され、両脇奥に幾層にも設われた下駄箱の同じ番号の棚に履物が置かれる。観客席は、4人が座る桝状に区切られた畳の席が50席ほどあり、満席なら200人が入場できる広さだ。

正面に向かって、左側に舞台袖が楽屋から舞台に向けて延び、そこを役者が通る。舞台には、定式幕（左から黒、萌葱《もえぎ》、柿の3色の布を縦に縫い合せた引き幕）が下がり、観客は〝今や遅し〟と、役者の登場を待つ。

眞治の幼少期には、「沓掛時次郎」や「一本刀土俵入り」、「瞼の母」といった股旅ものを演目とした大衆演劇黄金時代で、直人は旅役者と最も身近で接し、子役の役者とも親しくなった。それでも、自分が演じてみたいと思うほどの興味は湧かず、自分が役者になりたいと憧れることもなかった。

＊映画館経営

やがて、時代は芝居中心の娯楽から、次第にその地位を映画が席巻し、日本各地で上映されるようになると、ここ白石町にも3軒の映画館が開館した。予期せぬことに、3軒できた映画館のうちの1軒の映画館から、「映画館の運営を担って欲しい」と懇願され眞治の父親が支配人となって一切を取り仕切ることになった。

　偶然の巡り合わせとはいえ、関元家は映画興行に携わるという思わぬ幸運を得た。映画館たりとて例外はなく、興行師の采配で映画は上映される。父親が支配人を務める映画館は興行師の持ち物で、そこを賃貸契約で借り受け営業は行われていた。他にこれといった娯楽はまだ少なく、映画館は連日の賑わいで繁盛し、経営が軌道に乗ってきた。その時を待つようにして、元の経営者から、

「私も高齢になり、身内に後継者もいないので、できたら先行きを考えて興行権を譲りたいのだが、どんなものでしょうか？」

　何とオーナーから、全く予期していなかった「興行権譲渡」の打診を直接持ち掛けられたのだ。もちろん、願ってもない、有難い申し出を断る理由はない。

「ありがとうございます。ご期待に沿うよう、代わって運営させていただきます」

　父親は、丁重に頭を下げ、先代と代わって関元家が映画館のオーナーとなった。

　新しく経営者となった父親は、映画館を「こぐれ座」と改名して、邦画専門の映画館として存分に力量を発揮した。そこに時流も加わって、連日大勢の人出で繁盛した。

　3軒の映画館のうち、もう1軒も邦画専門の映画館だが「植松シネマ館」だけは、外国映画を専門とした。映画の看板絵は、長いドレスの女性や首にマフラーを巻く男性が描かれていて、その異色感が話題の種になった。

映画は、1895年、フランスのパリで、セリフ・音声・音響効果のないサイレント映画（無声映画）として、有料で試写されたのが始まりだと言われている。

眞治が生まれた頃は、まだフィルムに音声をつける技術がなかったことから、スクリーンの横で奏でられる音楽と共に、語り役の活動写真弁士が、スクリーン脇で解説をする「無声映画」を楽しむ時代であった。

スクリーンから声が出てくるトーキー映画は、1927年、眞治が生まれる2年前にアメリカのワーナー・ブラザーズが公開した「ジャズ・シンガー」からで、この頃から眞治の成長に合わせるかのように、白黒スクリーンが天然色に変わっていく映画全盛期間近の、いわば、日本での映画萌芽期といえる時代に入った。

こぐれ座で上映される映画は、眞治にとって見放題だ。

上映される度に、フィルムを巧みに操る映画技師の隣に座り、数々の邦画を観た。しかし眞治は邦画よりも、同じ町内にある洋画専門館（植松シネマ館）の看板に、ペイントで描かれた外国映画に強く心を惹かれていった。

どうしても洋画を観てみたいと思い、ある日かあちゃんの顔を真剣に見つめて、せがんだ。

「かあちゃん、植松シネマの映画を観に行っていいか？　どうしても観たい映画があるんだ」

「行っておいで。こぐれ座の子供だから『無料でいいよ』と言われても、ちゃんと入場券

「かあちゃんはお腹が弱いから、ちゃんと鑑賞料
を買って入るのだよ」

かあちゃんは入場料を眞治に渡しながら、そう諭して行かせた。

当時の娯楽の中心は映画で、365日、ほぼ毎日上映されていて、特に盆や正月などは、どの映画館も満席の賑わいを見せていた。

一般の人が、海外旅行をすることなど稀な時代であればこそ、洋画に魅せられ、スクリーンから知るアメリカの広大な大地、日本と趣の違う欧米の都会の街並み、そしてそこで暮らす人々の生活様式、ドレス姿で踊る貴婦人達――。眞治は、異国の進んだ文化・文明に触れるにつけ、自分の行く道がおぼろげに見えるような、不思議な気持ちに駆られた。

眞治は、植松シネマ館で異国の文化・文明に触れたが、その中でもアメリカのミュージカル映画が童心をわくわくさせ、イヴェット・ショヴィレの「白鳥の死」を観た時には、湧き上がるような高揚感で身体を熱くした。それが昂じて、ただ洋画を観るだけでなく、バレエが中心の映画を観た後は、自分の部屋に籠り、今観た映画のストーリーの場面、場面を振り返りながら、そこに自分がダンサーとなって踊る姿を重ねては、何度も何度も鉛筆を走らせ、とうとうバレエを踊るダンサーのイラストで、数冊のノートが埋まった。

第二次世界大戦

＊開　戦

眞治は、白石小学校から白石中学校に進級した。父親によく似た顔つきで、背は高くないがマスクが良い。彫りが深く浅黒いその顔つきから、アラブ系の血が入っていると思われるような、日本人離れをした容姿だ。

当時の世相は、戦争を予感させる「きな臭い時代」で、眞治が10歳の1939年9月に、ヒトラーが率いるドイツ軍がポーランドに攻め入ったのを契機に、世界を巻き込む第二次世界大戦の火蓋が切られた。

それから2年後の1941年12月8日の未明、日本軍は、アメリカ領ハワイのパールハーバーに奇襲を仕掛け、計り知れない犠牲を伴う太平洋戦争へと、何かにとりつかれたかのように突き進んだ。

この真珠湾奇襲作戦を指揮したのが、新潟県長岡市出身の山本五十六連合艦隊司令長官だ。作戦に長けた山本五十六だが、開戦にはあくまでも反対で自分の身の危険は顧みず、日独伊（日本、ドイツ、イタリア）の三国同盟に断固反対したという。

山本の姿勢は、郷土新潟はもとより、日本国民を愛おしむ慈愛の心を強く保っていたからだ。だが、その意に反し連合艦隊司令長官として、未曾有《みぞう》の大戦争の指揮を執らざるを得なかったのだ。

山本は、アメリカのような大国と戦うには決定的な勝利など望めないことを百も承知していた。だから、敵国「太平洋艦隊」の基地港であるパールハーバーを奇襲して、太平洋艦隊に大打撃を与え、その勢いに乗じて和平に持ち込む戦略を早くから練っていたとみられる。だが、そうした思いを胸に隠し、奇襲作戦の指揮を執った。

山本は戦争の行く末を最後まで見届けぬまま、終戦の2年前（昭和18年4月18日）に、前線視察のためニューブリテン島ラバウル基地を飛び立ち、ソロモン諸島ブーゲンビル島上空に差し掛かったところで、アメリカ軍戦闘機に遭遇し、爆撃されて戦死した。

「やってみせ、言って聞かせて、させてみて、ほめてやらねば、人は動かじ」

自らの行いを範とする、山本五十六の名言は有名で、今なお色褪せることがない。

太平洋戦争とは、第二次世界大戦の中でも、日本とアメリカとの戦争を総称したものだが、太平洋戦争という呼び名は敵国であった連合国側が使った表現で、当時の日本の国内では「大東亜戦争」と言っていた。

開戦当初は快挙を続けた日本とドイツ軍だが、やがて戦術・戦略に優れ、戦争物資とその補給に勝る連合国軍に圧倒されると、日本軍部は〝苦渋と無念に顔を歪め〟ついに敗戦を認め、4年に亘る戦争が終結した。

＊終　戦

昭和20年8月15日の正午、眞治は、天皇陛下の少し甲高い声が居間のラジオから流れる玉音放送を聴き、ようやく戦争が終わったことを知った。かあちゃんやとうちゃん、それにじいちゃんとばあちゃん、家に残る兄姉までもがラジオの前に跪き、涙を流しながら、厳粛な思いで天皇陛下のお言葉に聞き入っていた。

その涙は「敗戦」の悔しさからか、先々の日本の行方を悲観してのことなのか、大人の気持ちが直人には分からない。口には出せなかったが、映画を通して一歩どころか十歩も百歩も進んだ欧米の文化、文明を知るにつけ、竹やりで空を突く隣近所のおばちゃん達の姿や、家々から金属製の物を容赦なく供出させ、お寺の釣り鐘までも召し上げて軍事物資の製造に充てざるを得ないようなそんな日本が、「本当にこの戦争に勝てるのだろうか」と思った。

出征する兵隊さんを見送る度に、何だかこのところ、年齢が急に若くなってきたような気もしていた。漠然とだが、物資だけでなく兵隊さんも不足しているようで、まだ10代後半の自分にまで召集令状（赤紙）が届くのではないかと不安だった。

第二次世界大戦の開戦は、眞治が10歳の時だから、今でいう小学校4年の少年だ。つまり直人は、多感な年頃を戦時下で過ごし、通学とは名ばかりで、中学にまともに行けず軍需工場に学徒動員されるなどで、白石町内で悶々として過ごしていた。

何よりも、戦争中は「鬼畜米英」と言われた敵国の言葉や映画、文化そのものまでが禁じられていたから、観たくて観たくて仕方ない洋画を観ることが叶わなかった。

戦争が終わり、また好きな洋画が観られるようになる――そう思うと、悲しさよりも嬉しさが優先した。

＊戦争を忌み嫌う

沖縄戦では、軍人だけでなく、男女を問わず、現地で暮らす婦女子や老人も参戦し、終戦を前に玉砕した人々の人数は夥しく、沖縄県民の４人に１人が犠牲となったと伝えられている。14歳以上の女学生を従軍看護婦にした「ひめゆり学徒隊」などの女学生は、〈生きていたら敵になにをされるか分からない〉と言った、誤ったプロパガンダに怯え、また〈生きて虜囚の辱めを受けず〉という、誰が唱えたのか、何の根拠もない、格言のような謂《いわ》れをそのまま受け入れてしまい、集団自決に追い込まれた。

広島・長崎には原子爆弾が投下され、キノコ雲の下で見分けがつかないまでに焼けただれ、重なり合うように息絶えた老若男女の犠牲者は数えきれず、生き延びても、身体のあちこちに大きな火傷を負った人々が、灰色に焦土化した町や村々を彷徨する異様な情景は、まさに修羅場そのものだった。人を虫けら同然に扱い人命を顧みない惨状を知るにつけ、たとえ大義名分がありどんな使命感に駆られたとしても、

「戦争は絶対にダメだから」

そう思った。理屈ではなく、多感な少年時代の体験が、戦争を忌み嫌う思いとなって、

眞治の身体細胞の隅々にまで浸透していき、潜在意識の奥深く刻み込まれた。

＊令和の紛争

戦争は人類にとって何も良いことはないが、令和の今になっても、世界のあちこちで紛争が起こっていて戦火が止むことはない。

大国同士が覇権を争うかのように、軍事力を増強・誇示し、強いては他国の領域を侵犯してまで海洋進出を企てる国が現れるばかりでなく、核兵器の保有やそれを搭載できるミサイルやロケットの開発に血眼になり、いきなり日本海に向けて何十発もの弾道弾を発射する国もある。一見幼稚にも見えるこのような威嚇行為の現れは、人類の恥部が一気に露呈し始めているかのようで不気味だ。

「第三次世界大戦が起こらなければいいが」

現実味が払拭できない緊張感で、世界が覆われているように思えてならない。

私が、先生と知り合って親しく会食をする中で、世界の彼方此方《あちこち》で勃発する紛争が話題になることもある。そんな時先生は、

「戦争は絶対にダメよ。阿部さんはこの間『太平洋戦争は当時の欧米の大国に支配された東アジアを、植民地から解放するのが大義名分だと言う人もいる』とか何とか言っていたけど、戦争を経験していないからそんなことが言えるのよ。人を殺し合う戦争なんて、絶対してはだめだからね」

「先生、私も戦争が良いことだなんて思っていません。ただ、そんなことを言う人が結構いると思うんです」

「日本も誤った戦争をしておきながら、戦争を正当化する人達や戦争をしたい人達が、もっともらしい理屈をつけて言っているのよね。あぁ、いやだ、いやだ。もうこんな話は、よしましょう」

紛争や戦争が話題になる度、いつも同じように、

「戦争は絶対にダメだめだからね」

と嫌悪するように強い口調で言って、それで話を打ち切るのが常だった。

バレエ界へ

＊バレエに魅せられる

眞治が、映画が身近にあるという環境に育たなければ、バレエを知ることも、そのバレエに魅了され、バレエ界の重鎮と言われる存在になってはいなかったはずだ。日常の生活に映画が入り込んでいて、日本映画よりも、洋画で描写される欧米人の服装、立ち居振る舞い、日本との文化・文明の違いに魅せられながら、眞治は成長した。

子供時代の遊び道具やおもちゃの多くは手作りだが、種類は豊富で幅が広い。当時の白石町は子沢山で、友達は皆、木を削って作った刀や木の枝の棒を持ってチャンバラごっこをし、戦争ごっこ、缶蹴り、メンコやビー玉で遊び、正月は自作の凧揚げや羽根つきに明け暮れた。もちろん、眞治も仲間と一緒に遊んだ。神社の境内に集まれば、すぐに駆けっこで順位を競い、陣取り遊びや〝おしくらまんじゅう〟で汗を流した。

『♪押しくらまんじゅう♫押されて泣くな♩

あんまり押すと♬あんこが出るぞ♬』

遊び仲間が声を合わせて歌いながら、押し合った。運動神経抜群の眞治は、仲間の中心的存在だ。駆けっこでは同学年の他の子に負けたことがない。勉強もよくできて、特に予習や復習を人一倍頑張ったつもりがなくても、成績は学級で上位を争った。

家が映画館を営んでいなかったら、皆と同じように、暗くなるまで遊んだに違いない。しかし、眞治は違った。自宅が映画館という環境に育ち、自館で上映される邦画を数えきれないくらい観てきたが、邦画に飽き足らず、他館で上映される洋画の看板絵を見て心奪われた。映写機からフィルムを通して放たれる光が、暗い館内の宙に漂う埃を、キラキラとちりばめながら、異国のとてつもなく広い大地や人々の生活様式をスクリーンに映し出す――その映像に強く惹かれていった。大好きな洋画を観て家に帰ると、眞治は必ずといっていいほど映画のワンシーンを振り返り、かあちゃんに訊いた。

「かあちゃん、俺は履物を脱いで家に入るのに、何でアメリカの人は靴を履いたまま家に入るんだ？」

「かあちゃん、ヨーロッパの女の人はいつもあんなに綺麗な服を着て踊るのか？」

「かあちゃん、バレエの踊りはワクワクするなぁ」

お母さん子の眞治は、「かあちゃん、かあちゃん」と言っては何でも訊いて、かあちゃんを困らせた。かあちゃんは、36歳でお腹にはいった子が孫のようで可愛くて仕方がない。末っ子が時折見せるこうした映画や踊りを話す時の目の輝きに、

「この子は、他の子と違う何か特別な能力があるのかもしれない」

眞治があれこれ聞いてくる度に、かあちゃんはそう思った。

眞治は、かあちゃんに叱られた記憶がない。

戦争が終わり、当時の5年制の中学卒業が近づく頃から、眞治は強くバレエ界を意識するようになった。それは、16歳になったばかりの時、新聞の広告に東都バレエ団が主催する「白鳥の湖」の公演が、東京であることを知ったことが引き金だ。丁度学校が休みでもあり、とうとう我慢できずに、

「俺、東京でバレエを観てきたい」

とかあちゃんにせがんだ。

「それは良いのだけど、眞治ひとりで大丈夫？　心配だから、かあちゃんも一緒について行こうか？」

「何を言っているんだよ。大丈夫だよひとりで、子供じゃないんだから。かあちゃんは家で待っていて」

その頃の眞治は、映画で観た「白鳥の死」に惹かれ、ダンサーの踊る姿を自分に重ね合わせながら、それをノートにスケッチするほどバレエにのめり込んでいた。

でも、これまでバレエを習っていたわけでも、バレエについての深い知識があったのでもない。ただ、見えない何かが、眞治をバレエへと誘った。

昭和21年5月、夜汽車に揺られて上京し、上野駅に着いた。駅の構内や駅舎の外に、軍服姿で脚や腕に包帯を巻き、アコーディオンを弾いて物乞いをする復員兵がいた。公演会場に向かう電車の中や通りにも、松葉杖に頼る復員兵は多く、決して戦争はまだ終わっていないと思った。

そんな世相の中で、東都バレエ団が主催するバレエの定番「白鳥の湖」を初めて観た眞治だが、自分の生きる道はやっぱりこれだと確信した。この舞台では、後に眞治を愛弟子として育てた小池英弥が、悪魔の役「ロットバルト」を演じていた。小池の踊りは様々な工夫を凝らしていたが、その工夫がどんなものか、素人の眞治如きに分かるわけはない。しかし、小池英弥の悪魔に扮する踊りは、心に深く刺さるほど印象深いもので、関元眞治少年の魂を強くくすぐった。

＊バレエを根付かせた人

小池英弥は、日本を代表するバレエ界の重鎮である。

若くしてソビエトに渡り、ソビエト舞踊学院に師事し、本場で古典舞踊を学び、その後も名だたる舞踊家の指導を受け、やがて上海の舞踊団に参加して振付けや後進育成者としてその才能を発揮して多くの舞踊家を育てた。戦後日本に帰った小池英弥は、自らが「白鳥湖」の鳥と湖の間に「の」を付け加えて「白鳥の湖」とした。

その、自分で名付けたバレエで主役を踊るばかりでなく、「シェヘラザード」、「バガニーニ幻想」、「薔薇の精」、「くるみ割り人形」などに出演すると共に、創作活動にも熱意をもって全力で挑んだ。また、それまで「バレー」と呼ばれていた舞踊の呼び名を「バレエ」と呼び換えるなど、バレエを、芸術作品として日本国民の意識の中に根付かせた。その小池の、バレエに挑む強烈な意思と個性が牽引したからこそ生まれた成果で、その功績は称賛に値して余りある。

＊小池バレエ団に入団

映画で観た世界が、今ステージの上で広がる様を前にして、眞治は、身体の震えが止まらないほどの感動を受けた。

矢も楯もたまらなくなって、家に帰ると、思いのたけを込めて、

「踊りがやりたい」

とかあちゃんにせがみ、学校を卒業すると直ぐ東京に出て、小池英弥が主宰するバレエ研究所の門を叩いた。眞治がバレエを目指した17歳という年齢は、バレエを始めるのには決して早くないが、小池バレエ研究所に入って間もないその年の11月には、もう、「シェヘラザード」で主要な役を踊っていた。その眞治青年の優れた運動神経と、醸し出すノーブルな雰囲気を見抜いた小池英弥の人材発掘能力の高さが偲ばれる。

バレエを志す者には、持って生まれた素養に加え、家庭の経済力もある程度必要だ。基本的に、バレエのレッスンには、レッスン料、シューズ代、衣装代などで相応の費用がかかる。平成を経て令和の昨今は、少子化で子供にかける習い事のための財布の紐は緩くなり、子供にバレエを習わせる家庭が増えた。とはいえ、習わせたくても、それができない家庭も少なくない。ましてや、眞治がバレエを目指した昭和21年は終戦の翌年だ。戦火が止んだとはいえ、未だに敵国の言葉を使うなんてもっての外だった。ベースボールを野球、

サッカーを蹴球と言わなければならないようなご時世である。敗戦して、やっと復興の槌音が響き始めたばかりの時に、男の子がバレエを踊るなんて、周囲からは「在り得ないこと」と白い目で見られ、しかもお金がかかる「成金のお遊び」と嫉妬を交えた目で蔑まされたりした。

しかし眞治には、裕福な家庭と、溺愛してくれるかあちゃんがいて、そのような世論を苦にする素振りも見せず、我が子の夢を叶えてやろうと、周りを説得してくれた。そして、眞治が東京に出た17歳の春に、かあちゃんは送りと称して眞治に付いてきた。今でこそ珍しくはないが、17歳と成人に近い子に母親が付き添って上京する姿は、当時の白石町では、きっと希有な光景であったに違いない。

それればかりか、当時は就職で上京したら、帰省するのは正月と盆だけが一般的だったが、眞治は月に1回以上里帰りをして、かあちゃんのおっぱいに甘え、2泊したら、食料をカバンいっぱいに詰めて、東京に戻ることを常としていた。

＊舞踊家　関直人　誕生

入門して間もなく、小池は愛弟子に芸名を授けた。本名の「関元眞治」を汚すことのないよう心掛け、その上で舞踊家に見合う名前を念頭に知恵を絞り、辿り着いたのが「関直《せきなお》人《と》」だった。こうして、後に日本バレエ界を牽引するひとりとなる、舞踊家「関直人」は誕生した。

そして「白鳥の湖」初演の王子役に抜擢されたのが「関直人」であった。弱冠21歳での大役だが、その踊りは高く評価され、バレエ界に大きな足跡を刻み込んでいく萌芽期となった。

直人は、バレエが面白くて仕方がなかったが、知れば知るほどその奥の深さと広さに驚かされ、バレエの終着点がどこにあるのかを見通せない。生半可な気持ちで挑んだら、しっぺ返しを食らいかねない、恐ろしさを抱えた芸術だとさえ思えて身震いがした。

＊ニックネームは「ドブちゃん」

そういえば、直人の愛称は「ドブちゃん」だ。

これは師匠の小池英弥がつけたものだが、最初はドブネズミを連想するのであまり嬉しいと思わなかった。

「何で『ドブちゃん』なんだろう。もう少しましなニックネームをつけてくれたら良いのに」と思っていたが、ある日、

「関くん、『くるみ割り人形』では、ねずみの存在は貴重だよね。それでね、関くんを見ていると、少し浅黒く異国情緒があるその個性的な顔つきから、何とはなしに『くるみ割り人形』のねずみの王様を連想するんだよね。それで〝ねずみ〟だと面白くないし〝ドブネズミ〟では汚らしいから、関くんを『ドブちゃん』と呼ぶことにしたんだ。どうだい気にいってもらえたかな？」

と言ってきた。

何とも奇想天外な、小池英弥ならではの発想から生まれたニックネームに、良いも悪いもない。いつの間にか、仲間も〝関〟ではなく〝ドブちゃん〟と呼ぶようになり、次第に違和感は薄れ、自然に受け入れていた。

ダンスール・ノーブル

＊ダンサーとしての日常

クラシックバレエの舞台において、プリマバレリーナのパートナーを務め、男性舞踊手として一世代を風靡した関直人は、決して自分に妥協しなかった。バレエに明けバレエに暮れる、バレエ漬けの日々を当たり前の日常として過ごした。レッスンは1日さぼると身体がなまり、回復には休んだ倍以上の日数がかかると思わなければならない。だから、バレエにかけるダンサーは、必ずレッスンを最優先させて他は後回しにする。そうでなければ、一流のダンサーになる道は絶たれてしまう。

厳しい世界で活躍する直人は、起床から就寝までの1日をスケジュール化して週単位に纏め、更に、月単位、年単位と纏めてノートに手書きした。日々の多くは、練習（訓練）だ。定例化された公演に向けた特別メニューや、年に数回行われる地方公演のリハーサルとその準備など、予め分かっているものはもちろんだが、途中で入ってくる自分の役割などを、そのために空けてあるノートの隙間に書き足していくと、いつの間にかノートが鉛筆で真っ黒に埋まった。

右も左も分からぬまま、実際に東京で観た「白鳥の湖」に電流が身体を貫くような衝撃的感動を受け、ただ「踊りがやりたい」というその一心で小池門下生を志願した日から、小池の厳しい指導が始まった。観たことと実際にやることは大違いだ。頭で思い描いた自分の踊る姿を体現できないのだ。基本は、柔らかい身体を創ることから始まるのだが、それは、両足を180度に開く開脚からだった。バレエを映画で観て、見よう見まねでやっていた、相撲取が行う「四股踏み」や「股割」のような格好で、徐々に両足を大きく開くようにしていた練習とは大違いだ。プロフェッショナルが集い、自分も身を置くバレエ界では、「練習」というよりも「訓練」という表現が相応しい。決して甘えさせてくれない、厳しい世界だと痛感した。悠長に待っていられない小池が、座して足を精一杯開こうとしている直人の後ろに回って、

「はい、行くよ。そんなことではいつまでたっても足は開かない」

小池は、背中を力一杯押して無理にでも足を開かせようと、痛さを身体で示す愛弟子を無視し、更に力を込めて強く押す。そんな厳しい訓練でも、直人は歯を食いしばり、「痛い」という声を呑み込み、ダンサーとして踊る自分の姿を思い描き、早くそんな身体を得たいと苦痛に耐えた。小池は、自分の後継者と成り得る弟子として〝関直人〟を見ていた。だから、自分の持つバレエに関する知識や技術、そしてバレエに向かう時の姿勢、心のあり様など、何でも伝授することに微塵の迷いもない。とはいっても、決して甘やかしはしない。可愛いからこそ厳しく育成し、次代を担うバレエ界の貴公子に育てたいと思い、日々の指導に益々力が入っていった。

ある日、直人がノートのような物を覗き込んでいるのを見かけた小池が、

「ドブちゃん、それはなんだ」

と声をかけてきた。

小池に見せようと思って開いていたのではないが、見つかってしまっては仕方がない。

「これですか。これは私の、これからの予定などを記したメモ帳です」

「そうか。どら、ちょっと見せてごらん」

そう小池が言うので仕方なく、1週間の予定を記した箇所を開いて渡した。

「ドブちゃん、これはすごい。こんな風に予定を立てて練習していたのか。知らなかったなあ。立派でいいことだが、これじゃ遊ぶ時間が全くないんじゃないのか？　若いのだから、たまには遊びで羽を伸ばす時間も大事だよ」

久しぶりに優しい言葉をかけられた気がして、嬉しかった。

そんなことがあってから、小池の指導には益々力が入ってきているように感じた。個人レッスンでは、まず小池が1パーツを躍ってみせ、それから背後に廻って立つと、踊らせては止め、止めては躍らせながら、まず大枠を身体で覚えさせ、細部の指導に入る。

「そう、回って回って、はい止まる。ちゃんと正面で止まるの。脚の位置、膝関節の伸びが甘いね、もう1度やってみて！」

熱の入った厳しい言葉が容赦なく飛ぶ。時には、

「ばか者！　もっと高く跳ねるの。何なの、ドブちゃんのそのざまは！」

などと烈火の如く怒鳴られるが、小池の指導スタイルが分かると、次第に慣れてきて、怖さは和らぐ。

「身体が覚えるまで何度でもやるの！　最初は頭で考えるけど、バレエは身体に染み込ませて覚えるんだよ。だからできるまで何度でも繰り返してやるしかないの。分かっているわね！」

指導する小池のボルテージは、益々高まる。

バレエの見せ場の一つに、女性ダンサーをリフティングする場面がある。このレッスンは、他のレッスンに輪をかけて辛い。どんなに小柄なダンサーでも、成人女性の身体は軽くない。その女性をリフティングして、空中で何度か回す動きを繰り返すのに、すごく体力がいる。だからといって、単に体重が軽ければ良いというものでもない。見た目には重そうなダンサーでも、男性がリフティングするタイミングで、身体を浮かすような動きで協力してくれたら、持ち上げやすい。しかし、小柄で体重が軽くても、ただ立っているだけの身をそのまま預けられたら自力で空中に持ち上げるしかなく、身体に負担がかかりとても難儀だ。

直人は、動きの俊敏さでは自分自身に及第点をあげることができると思っているが、身長の低さだけは、どうにもならない。

バレエダンサーは比較的小柄だが、しかしプリンシパルを担う男性ダンサーには、リフティングを何の苦もないように行うために、ある程度の身長と身体の大きさが求められる。

それは、中心で踊るダンサーの最大の要素が、やはり舞台が映えることで、それが大きな拍手と「ブラボー」の声に応えることができる、一握りのダンサーに与えられる勲章のようなものだからだ。加えて、その容姿から醸し出されるカリスマ性、言い換えればオーラを持つダンサーだけに許されるのが、プリンシパルとしての存在だと言える。公演で外国からプリンシパルとして迎えるダンサーは、その要素を満たしていることが前提だ。最近では、日本の男性ダンサーも、外国人と見劣りがしないまでにプロポーションが良くなり、追いついてきてはいるが、全体的に大きく捉えて見ると、もう一歩の感は否めないと感じている。

直人は、こうした日本人男性ダンサーの今を十分に意識していて、どうすればより逞しく、かつ華麗に表現できるのか、常の課題として日々を過ごした。

毎日欠かさずに行ったのが、頭から足先までを一直線に見えるようにする訓練だ。足から腰、肩、頭部までが一直線になるように保ち、腹を引き締め頭を吊り上げるように身体を引き上げて立つ。これは、バレエの基礎となる立ち方で、身体の軸を作り、体幹を強くし、動きに無駄がなくなり美しい動きを生む。床に左脇を下にして真っ直ぐに寝て、右足は膝を曲げ股関節を開き、爪先が左足の膝に着くようにする。これは、ピルエット、フェッテアントールナンなどの回る動きのポジション訓練だ。

直人は、朝起きた時からストレッチをし、これらを意識して行うことで身体に叩き込む。そして、毎日午前8時頃までにスタジオに入って、基本となるバーレッスンで身体を十分に目覚めさせるのだが、公演を控えている時は自分に与えられたポジションのレッスンを繰り返す。

自分の踊りに満足できるダンサーであるためには、一日一日の積み重ねが大切だ。時間が空くと、レッスンスタジオでストレッチをし、そのあと自分に振付けられたパーツのリハーサルをする。ケガや病気で休むダンサーが出た場合は、その人の代役に備えたレッスンが入ることもある。海外公演の時は、スタジオの中にジムやサウナを備えるところが多かったので、少し時間が空くと、そこを利用して身体を動かした。

頭の中は、バレエを上手く踊ることの課題で溢れていた。

日々研鑽を重ね、着実に力を付けていった直人は、小池バレエ団で男性第一舞踊手（ダンスール・ノーブル）として、小池英弥が招いた数多の世界的舞踊家、更には名振付師などと共演し、その作品を踊ることによって、益々表現者としての力を磨いていった。

故郷に錦を飾る

＊白石町文化会館「柿落とし」

昭和39年6月吉日、東北本線白石駅の近くに「白石町文化会館」が開館した。座席数1300を超える、福島県県南地方では最大の施設で、町が主催するイベントを中心に様々な催しを開催できる、時代を先駆けたモダンな施設だ。

その白石町文化会館の柿落《こけらお》としに、白石町の強い要請があって「関直人」が所属する小池バレエ団が来町して「白鳥の湖全4幕」を公演することになった。

もちろん、既に小池バレエ団でプリンシパルを張る地元出身のダンサー関直人を白石町民に披露したいと、町長以下町役場の誰もが切望したからだ。

町からの要請を受けた小池だが、無論断るわけがない。

「小池バレエ団で主役を舞う、関直人の雄姿を是非とも地元の方々に観てもらいたい」

その思いから、何の迷いもなく、二つ返事で引き受けた。柿落としの当日、東京からバレエ団が大挙して白石町にやって来た。地元出身の関直人が主役を演じるということで、座席数を超える市民で新築の白石町文化会館は溢れた。ステージは、既に先入りしているバレエ団のスタッフや地元の有志が準備した「白鳥の湖」のための華やかな装飾が施されているが、緞帳が上がるまで、観客はそれを知らない。会場を埋めた観客は、初めて観るバレエに、ただただ期待に胸を膨らませ、開演と地元スターのお出ましを待つ。

「大変お待たせいたしました。それでは、只今より白石町文化会館の落成記念披露会を開会いたします。尚、皆様には既にご承知おきの通り、我が町の出身で、小池バレエ団に所属する関直人氏が主役を演ずる『白鳥の湖』を公演いたしますのでご期待下さい。開演に先立ち、白石町文化会館の建設にご尽力をいただきました皆様より、順次ご挨拶を頂戴したいと思います」

緞帳の前に立って、開会の挨拶をした司会者に次いで、地元の名士数名の挨拶の後、町長が白石町文化会館の落成と開館、そして今後の町の発展に期待を寄せる熱の籠《こも》った挨拶をした。

間もなく、開演を告げるブザーが鳴り、スルスルと緞帳が上がる。すると、薄く透き通る紗幕の向こうに、薄い水色の照明に照らされた、ドイツのとある王宮の前庭が広がっていて、王子の成人を祝う宴が開かれている。そこに王子の母親である女王が現れ、明日の舞踏会の時に花嫁を選ぶようにと告げられる。まだ結婚はしたくない王子は、憂鬱な気分に陥りその場に佇む。やがて日が暮れていき、照明が薄い夕焼け色に落とされると、王子は右手袖にゆっくりと去っていく。ステージは淡い水色に変わり、白鳥姿の女性ダンサー達が両袖からステップを刻みながら現れ、幾重にも重なり合い、織りあって白鳥の群れが空を飛ぶ様を表現して舞う。

その一糸乱れぬ舞を観た観客は、否応なく「白鳥の湖」へと心を誘われていく。

観客席の中には、関直人をバレエ界に送り出した、大好きなかあちゃんやとうちゃんの他、白石町で暮らす身内ばかりでなく、都会に出た兄姉、姪、甥などの親戚縁者がこぞって駆けつけ、地元スターの出番を待った。

いよいよ舞台奥の袖から「関直人」が現れると、会場の観客は割れんばかりの拍手で迎え、精悍で異国情緒を放つ王子様の舞に目を輝かせて観惚れた。その舞の盛り上がりに酔いしれ、いつ覚えたのか、高揚した観客から「ブラボー！」の声援が幾度となく放たれ、地元が生んだバレエダンサーが主役を務め、十分以上に盛り上がった柿落としは無事に幕を下ろした。鳴り止まない拍手に応え、下りた緞帳が再び上げられる。

中央に、今日の主役関直人と小池英弥が立ち、2人の傍らには白鳥のオデット、悪役のロットバルト、後ろには白鳥を舞った美しきダンサー達が居並んでいる。

小池と直人が前に進み出て両腕を広げ、その両腕を胸元に下ろしながら頭を垂れると、会場は再び割れんばかりの拍手に包まれた。

袖から2人の女性が現れ、小池と直人に花束が贈られ、大きな拍手が湧き上がる中、緞帳が音もなくスルスルと下ろされた。

転　機

＊現役引退

先生は、アメリカで振付けの研修を終えて間もなく、36歳の若さで現役のダンサーを引退し、指導者となった。現役の頃から、主役を踊りつつ振付師として数々の振付けを提供してきたし、自分の努力だけでは敵わない小柄という身体的なことを考えると、「踊れるうちに指導者に転身し、欧米人のような容姿に限りなく近づきつつある若手ダンサーを育てるのも悪くないな」と思っての決断だった。

指導者になっても、日常の食生活に変わりはないので、鍛えられた身体は一気に肥満体に変わった。あっという間に、10kg以上も太ったが、少しも気にしない。お腹の膨れた風体で行う指導だが、現役時代より随分と柔らかい雰囲気を醸し出して、本来大声をあげることのない穏やかな気性と相まって、レッスンは以前より和やかに行われ、評判は上々であった。それにもかかわらず先生は、自分を指導し育んでくれた小池バレエ団の同僚や後輩ダンサーに数多くの作品を残して、恩義ある小池バレエ団を退団することを決意した。

小池バレエ団を退団して間もなく、大きな転機が訪れた。それは、舞踊家井上雅史との出会いだ。先生は、小池バレエ団を経てヨーロッパやアメリカで活躍し、昭和42年に帰国。

その翌年に井上雅史によるバレエ小劇場をプロデュースした。また、「捨てられた人魚」を振付け、更にトップダンサーを起用して話題となった「マイ・シンデレラ」など、多くの作品を提供したこともある。

井上は、年上で先輩関直人の人柄はもとより、バレエに向かう姿勢と踊る技量、加えて振付師、舞台プロデュースなどの秀でた能力を目の当たりにし、敬意をもって見つめてきた。そんな縁もあってか、ある日井上から、

「天性の恵まれた関先生の才能を大いに発揮していただきたいので、是非とも私のバレエ団で私達のご指導をお願いしたい」と熱心に懇願された。

熱い誘いを受け入れた先生は、井上バレエ団に活動の場所を移し、益々忙しい日々を送る中、突然思いも掛けない不幸に見舞われる。

昭和63年2月、井上雅史が脳内出血で帰らぬ人となってしまったのだ。この窮状に、一瞬「自分はどうすべきか」と逡巡したが、すぐに「後輩、井上雅史のバレエにかけた高貴な意思を継ぎ、後進を育てるべし」と心に決め、迷うことなく井上バレエ団に骨を埋めることを決意したのだった。

＊レッスン（井上バレエスクール）

バレエのレッスンは、バーレッスンとセンターレッスンの2種類で構成されている。初心者が入りやすいのがバーレッスンで、プリエからはじめて、タンジュ、デガジュ、ロン

ドジャンプアテールと進むのが一般的なレッスン手順だが、ステップや動きの練習に入る前に、腕と足のポジションと姿勢を理解しなければならない。

バレエ用語はほとんどがフランス語で、腕の基本ポジションとなるアンバーとは「腕を下に」という意味で、両腕を、力を入れずに身体の少し前に保ち、ひじの所でやや丸みをもたせ、そのまま指にかけて弧を描くように両腕で卵の形をつくるのだ。この時、小指が1番足に一番近い位置になるようにする。この「アンバー」からはじめて腕の4つの基本のポジションが作られるが、脚のポジションは1番から3番と、4番、5番、6番までのポジションがあり、1～5番ポジションは、爪先を外に向けて立つ。つまり、膝と足先は同じ方向を向くので、無理に開こうとすると足首、膝に障害を起こす危険がある。

バレエを習うダンサーの卵達だが、生まれもって身体の筋肉や関節が柔らかい人もいれば、そうでない人もいる。だから、一人ひとりの個性（体形・骨格）を考えながら、その人に合った指導をする必要がある。

最初は、あまり無理をさせないで、90度くらい足が開くように指導するのだが、時には、自分が習っていた頃の強引なやり方を無意識に織り交ぜ、背中を両手で押して、硬くて開かない足を無理やり開かせるような、荒い指導をしてしまう。姿勢は、踊りを美しく見せるために欠かせない要素で、いつも意識して正しく立とうとすることが大切だ。

両脚に体重を乗せ、上体を引き上げるようにして立つことを常に心がけ、気付いたらごく自然に「正しい姿勢で、美しく立っていた」と自覚できるまで、鍛えさせなければならない。一通り、腕と脚のポジションができたら、バーを使って、プリエ、タンジュ、デガジュと進めるのが基本だ。

　家庭などでレッスンする時の服装だが、もちろんレオタードでも良いのだが、サウナウエアなどの汗をかいても吸収してくれるようなものや、普通の動きやすい服装であれば何でも構わない。バレエは、足を滑らせるような動きが多いので、足先を美しくするために裸足ではなく、靴下を穿いた方が良い。

　今では、入門段階の子供達の指導は、先生が育てた井上バレエスクールのバレエミストレスが担っているので、既に基本レッスンをマスターしたハイクラスで指導する。

　晩年のレッスン・スタイルは、実にユニークだ。生徒が宮島で買い求め、先生にお土産であげた、大小2枚のしゃもじを交互に持って指導する。スタジオ内の奥に置かれたピアノのそばの椅子に反り返るように座り、傍らの机に大小2枚のしゃもじとタバコの灰皿を置いて、両脚は丸椅子の上にあげ、タバコをふかしながら踊るダンサー一人ひとりの姿を目で追うようにして始める。

「ほら、そうではないでしょう。バーをどうして上から掴んじゃうの？　バーは男の人の手だと言ったでしょう。上から強く掴むのではなくて、そっと優しく握るようにするの。分かったの？　背中が曲がっているでしょう。シャキッと反らしなさい！　そんなんじゃダメ、コロスわよ。はぃ、回って、回って、正面でぴたっと止めるの。ふらついたでしょう、何回でも回って身体で覚えるのよ。分かったの？」

そう言って立ち上がると、傍らの大きい方のしゃもじを持って近づき、そのしゃもじをレオタードの襟から背中に差し込んで、背中の曲がり具合を本人に自覚させる。「コロスわよ」などの言葉遣いと指導法が乱暴のように映るかもしれないが、そもそも演技上において勝手な手足の動きや踊りをすることを、他のダンサーを「殺している」との意味合いで「コロス」という言葉は使われていて、バレエ界では珍しい表現ではない。その上、先生の言動や指導スタイルは、ウイットやユーモアに富み、誰もが自然と受け入れる魔法のような雰囲気があるので、ごく自然に受け入れられている。そして、ダンサーの個性を見抜く目と、その個性を生かす才能は、他の追随を許さない。同じダンサーであっても、フルで1つのパートを通しで踊れるダンサーもいれば、あるパーツをとても上手に踊れてもフルでは少し心許ないダンサーもいる。

一人ひとりの素養、素質を見極めて、例えば、1つのパートが3つのパーツで構成されているような場合、各パーツを3人が手分けをして踊るような工夫を加え、誰ひとり置いてきぼりにしない。一人ひとりの個性を見抜き、その個性を生かした振付けをして、舞台に立たせる。本来なら1人でも良いのだが、ダンサーを1人から3人に増やして、舞台をより一層華やかに作り上げることで、いわば一石二鳥の効果を醸し出して作品に花を添える。

「はぃ、今日のレッスンはここまでよ、お疲れ様。私は帰るわよ、じゃあね」

レッスンを終えると、肩に掛けるバッグにレッスンの時にかぶった帽子とタオルを押し込み、そそくさと最寄り駅まで歩き、小田急線で2駅先の経堂で下車し、いつもの清和に立ち寄る。

「マスター今晩は。阿部さんは、今日はまだね。遅くなるのかしら。ビールお願い」

レッスンを終えたばかりで、渇きを覚えた喉に沁みるビールの最初の1杯は、何ものにも代えがたい至福の時だ。

公　演

＊ゲネ・プロ（公演前のリハーサル）

私が見せてもらった、公演の1日前に行う総合リハーサルは、全ダンサーが揃い、本番と全く同じように行われていた。

リハーサルの基本的スケジュールは、朝早くから機材の搬入や仕込みが行われるのを確認し、設置された照明のシューティング（照射方向の調整など）と、サウンドチェック（音合わせ）を夕方まで行っていた。次いで、各幕毎に「場当たり／照明合わせ」を行い、通しで踊りを確認する。例えば「くるみ割り人形」第1幕【戦い】では、ねずみ達の登場から雪のコールド登場までを通し、各ダンサーの立ち位置や場面転換を入念にチェックする。もちろん、舞台装置や照明も含めた最終の総点検だ。踊るダンサーが主役だが、舞台の飾り付けや装置、あるいは照明の色合いと当たり具合の強弱が大きな役割を担う。

バレエは、セリフを伴わない総合芸術であればこそ、各々の役割は重要だ。オーケストラが入らない時はカセットテープやCDで音合わせをして本番に備える。公演のある2日間は、スタッフ全員が午前中に会場に入り、リハーサルを入念に繰り返す。通常、早朝から昼頃までレッスンやリハーサルに時間を費やし、午後も昼食を済ませた2時過ぎから、公演に備えた最終調整を行う。

先生も、本番前の指導には特に熱が入る。舞台全体が見通せる観客席中段、中央の座席に腰掛けてマイクを持ち、

「ゆみ、今の位置でいいの？　少し間が開きすぎでしょう。隣の理沙の息遣いやステップの音で感覚を掴むのよ。分かったわね！」

一人ひとりの立ち位置を見て、先生が大声で注意する。時には席を離れ、マイクを握って彼方此方から指導することもある。すると、バレエミストレスがすかさず駆け寄り、間隔や足の位置を確かめ調整に入る。

フリッツとクララの、くるみ割り人形の奪い合いや、王子とねずみ達の戦いでは、

「最初は勢いがあっても良いけど、奪い合いや戦いをするその時は、ソフトな表現になるようにするのよ。争い事を見せるのではなく、踊りを見てもらうんだからね。練習では上手くできても、本番になると、力が入りすぎてしまうものだから、注意して！」

いつも意識しているつもりはないが、先生の潜在意識が顕在化した時の特徴的な振付けだ。争い事を忌み嫌う、先生ならではの振付けに、バレエミストレスが、踊りの強弱をダンサーの身体に触れながら補正する。こんな場面にこそ、振付師で舞台芸術監督、関直人ならではの極意が滲む。

先生は音にも敏感だ。オーケストラの指揮者が振るタクトと踊りが完全に一体となるよう、微妙なタイミング合わせをする。コンダクターにまで口は出さないが、自分のイマジ

ネーションに妥協はない。オーケストラの指揮者には、人を寄せ付けないような、プロの音楽家としてのプライドと、放たれるオーラがある。曲とのテンポが合わないダンサーが「音楽のテンポについて行けません」と泣き言をこぼしても、

「そうなの、それじゃ自分で直接話してごらんなさい」

と、にべもなく言って寄せ付けない。

訴えが分からないわけではないが、指揮者に口出しはしない。それだけ、同じ芸術に生きるオーケストラにシンパシーを感じていて、最大限の敬意をもってする対応だ。

総合リハーサルは、先生（舞台芸術監督・バレエマスター）だけが目を光らせるのではない。バレエ団理事長をはじめ、バレエミストレスが厳しい目で、ダンサー一人ひとりの姿を自分の中の水準に照らして評価し、技術や踊りにかける姿勢などが、目の肥えたバレエ愛好者の心を捉えきれるかどうかを見極める、大変重い責任を持つ。

＊公演本番

いよいよ本番の時間が近づく。

いったん楽屋の自室に戻って喉に潤いを与え、午後6時からの開演を待つ。

開演のベルが鳴ると、先生は、舞台の袖に立ち、少し緊張気味に出番に備える子供達に、軽い冗談を言って解《ほぐ》し、紗幕が上がる前に出番があるドロッセルマイヤーには、

「さぁ、行くわよ。よろしくね」

と声をかけて送り出す。1パートを踊り終えて袖裏に下がってくるダンサーには、

「いいわよ、その調子で続けてね」

などと、本番では、ポジティブな言葉で励ます。「くるみ割り人形」全2幕の後に「フィナーレ」が付け加えられて、花を添えるのが「きよしこの夜」だ。

会場の左袖には「東和児童合唱団」20名の子供達が静かに整列し、そこを淡い照明が照らし出すと、美しいハーモニーが会場に流れ、舞台には大きなクリスマスツリーが電飾で光り、出演したダンサーが揃って優雅に踊りだす。そして、満席で埋まった会場の観客全員が、少し早いクリスマス気分に浸る。

静かに緞帳が下がると、割れんばかりのカーテンコールが止まない。やがて、拍手に応えて緞帳が上がると、ダンサーは次々と前に進み出て膝を折り、優雅な腕の振りで応える。いったん緞帳が下がると、今度は先生のお出ましを期待した拍手で、2度目の緞帳が上がる。すると最前列に先生とオーケストラの指揮者が立って両腕を広げ、その腕を胸元にゆっくりと下ろしながらお辞儀をした。

拍手が最高潮に達したのを確認したかのようなタイミングで、花束を抱えた2人の女性が左の袖から現れ、その花束を先生と指揮者に渡す。再び大きな拍手と「ブラボー」の声を聴きながら、緞帳は静かに下がり、公演は無事に終演となる。

ダンサーは舞台裏に下がり、先生は楽屋の自室に戻って、

「よいしょ、あぁ疲れた」

と言って椅子に腰掛けた。公演を満喫したファンや、先生と親しいか親戚縁者の人達がプレゼントを持って楽屋を訪ねてくる。私はというと、何も持たずに挨拶に行くのが恒例となった。というのも、一刻も早く帰っていつもの清和でビールを飲みたい先生が、私が顔を出すタイミングで楽屋を離れたいからだ。それが分かるので、楽屋に向かう足を遅めに進める。あまり早く楽屋に行き、既に帰ってしまった先生と会えなくなるファンが出てしまわないようにと思う私の拙い配慮からだ。

「じゃぁね。私は先に帰るわよ。後はよろしくね」

誰にともなく声をかけて、先生と私は共に近くの駅に向かい経堂に急ぐ。午前から今まで、半日以上を全力で過ごしたにもかかわらず、渇いた喉をビールで癒す時の先生は、全く疲れを感じさせないように私には見えた。

初日は早めに帰宅するのだが、既定のジョッキ3杯はキチンとクリアするからすごい。公演の最終日（2日目）は、そういう訳にはいかない。予め事務スタッフが予約をしておいた会場近くのレストランで、打ち上げパーティーを賑々しく行うのが通例だ。

ここでも先生はよく食べよく飲むが、1時間くらいを過ごすと会場を出てタクシーを拾い、「経堂までお願いします」と告げて清和に向かう。やっぱり住まいに近い所で、気の置けない人達とどうでも良いような雑談をしながら飲むのが、一番の慰労になるのだそうだ。当然、その中に私もいて、先生の帰りを待って飲んでいる。

それにしても、踊りで生身を酷使するダンサーは、誰もが健啖家で、酒がめっぽう強いと思う。大酒飲みばかりだが、誰も乱れた素振りを見せず、呂律もよく回る。他人に観られる職業柄からくるのか、どこかに気品が漂うのが、芸術家や芸能関係の分野に携わる人達なのかもしれない。私が知るバレエダンサーは、誰もが気品に溢れ、強弱の差はあるものの、眩いオーラを放っている。

いつも思うのだが、特に芸術関係の分野に身を置く人は、私とは違う異次元の世界に生きる人達のように見えて、近寄りがたい。

私（阿部）の故郷

＊出　自

私の出身は新潟県南恵雪市だ。

平成の合併で3つの町が合意して生まれた市で、住民の思いは、豪雪の中に縮こまって冬を耐えるのではなく、雪を天からの恵みと捉えて、雪国をアピールしようと挑む姿勢を込めた市名だ。「克雪」とか「利雪」を超え、雪を上手く使うビジネスモデルとして、夏のクーラー用に使ったり、野菜や果物などの生鮮食品や酒やビールの貯蔵は元より、南国の町に雪を届けるイベントなどが多数見受けられるようになった。

今の南恵雪市は、新幹線が走り、高速道も整備されて、人数は少ないものの東京圏に通勤する人もいる。しかし、私が生まれた昭和26年といえば、まだSL機関車が黒い煙を吐き、時折「ボー」という警笛を鳴らして、はるか遠くを走る時代だった。

私が住む地区は「畑崎」という地名だが、その昔、近江国（滋賀県）から修行僧が行脚に出てこの辺りに差し掛かったところ、狭隘の盆地だが、小さな丘のような低い山を沼地の中に抱えるその様が、琵琶湖の湖形に似ていることを見つけた。それで、ここを開村しようと考えた僧は、琵琶湖畔を囲んで点在する村の地名の中の「堅畑村」と「瑞崎村」からそれぞれ一文字を取って組み合わせ「畑崎」と名付け、村に神社（鎮守様）を建立し、「氏神様」として祀ったと伝えられている。

昭和26年といえば、ようやく太平洋戦争の敗戦から立ち直り復興の槌音が響き始めた頃だ。この年の1月3日には初めて紅白歌合戦がNHK東京放送会館で、夜の8時から1時間、ラジオで生放送された。番組は、出場歌手名もどんな風に進行するのかなども視聴者に一切明かさないで始まり、ラジオの前の聴取者には何が飛び出すか分からないまま、紅組は菅原都々子の「憧れの住む町」、白組は鶴田六郎の「港の恋唄」で幕を開け、全出演歌手14人の美声が次々とお茶の間に流れた。ラジオのない家の者は、近くのラジオのある家に一家総出で集まり、ラジオの置かれてある茶の間でお茶を飲み、せんべいを齧り、漬物を頬張りながら、ガーガーという雑音に混じって流れる歌声に酔いしれ、ラジオに向かって大きな拍手を送った。

紅組のトリは、渡辺はま子が「桑港のチャイナタウン」を歌い、そして大トリは藤山一郎が「長崎の鐘」を歌い上げ、鐘の音の余韻を残して終了した。勝組は藤山一郎がリーダーを務めた「白組」に決まり、「エイ・エイ・オー」の勝どきとともに、第1回の紅白歌合戦は幕を下ろした。後に国民的人気となった紅白歌合戦は脈々と続き、令和になった今もなお国民に愛され、年末恒例の歌番組として健在だ。

その年の我が家は、なんと14人家族だったそうで、戦地から帰還し、そのまま家に残った祖父の弟や父の弟妹が7人も家にいた。知らない人が聞いたら裕福な家庭に映るかもしれないが、小屋のような小さい藁葺き屋根のあばら家の中で重なるようにして暮らしていたという。

戦争から帰って来た祖父の弟（おじさんと呼んでいた）はとても優しい人で、私が物心つく頃は、農作業に出た帰り道などで季節・季節に野山に自生する野イチゴや桑の実、グミ、アケビ、山栗などを採ってきては食べさせてくれた。甘いものがなかなか口に入らない貧しい農家の子供達にとって、おじさんの採ってきてくれる甘くて美味しい自然の恵みは、いつも私達兄妹を喜ばせてくれた。そのおじさんは、生涯独り身を貫いて世を去った。

水呑み百姓と言われた小作農の我が家で、14人もの家族がどうして食べていくことができたのか、今でも不思議な気がする。いつだったか母に、

「そんな大家族で何を食っていたが！」と訊いたことがある。

そうすると母は、

「なんでも食ったこっそぅ。コメは年貢を納めればいくらも残らんすけ、水をいっぺい入れた粥《かゆ》や、芋や芋のつるを入れたぞうせい（雑炊）、サツマイモの粉っかき、団子汁（すいとん）、ふうきんとう（フキノトウ）、ウド、ぜんめい（ゼンマイ）、ワラビ、木の芽（アケビの若芽）、なんでも食えるもんは食ったこっそぅ」と言った。

家の池には食用に黒鯉を飼い、年に1、2度、鯉こくや鯉のあらいにして、ちょっとした贅沢を味わい、小川では、どじょうや小魚を笊《ざる》ですくい、近くを流れる三国川からは山女魚《やまめ》や岩魚《いわな》、鮎、カジカなどを捕まえて食卓の一品とした。

魚が多く捕れた時は竹の串刺にして、それを居間の中央にある囲炉裏の上に吊るした稲藁の束に木の枝のように等間隔をとって刺して、囲炉裏から立ち上る煙で燻製にして保存食とした。買い求めて食卓に並ぶ食べ物はなく、自然が育んだ食材だけの貧しい食卓だが、大勢でワイワイガヤガヤとにぎやかだった昔の日常を振り返る母の表情は、当時を愛おしみ、懐かしんでいるようであった。

この当時の結婚の多くはお見合い結婚だったそうだが、私の父と母は恋愛結婚だ。

終戦末期に兵隊に召集された父は、真鶴で終戦を迎え戦地に赴くことはなかったが、駐屯地にいた父とは、手紙のやり取りを頻繁にしていたと母が言った。

普通は部隊の隊員の元に女性から手紙が届くと、上官が開封し検閲してから本人に渡していたのだそうだが、母の名前は男のような、いや、男そのもので「嘉雄」と漢字で書く名前だから、まさか上官は女性だとは思いもしない。母からの手紙は封を切られることもなくそのまま渡してもらえたので、「何でも好きなことが書けて良かった」と、父が話してくれたことがあった。それにしても、母には兄がいるにもかかわらず、何故祖父は母に男の名前を付けたのか不思議だ。

私が小学生の頃だと思うが、父が部隊から持ち帰ったジュラルミン製の兵隊カバンや飯盒、ヘルメットなどを見せてもらったことがあった。幼い私はそれだけでは戦争の悲惨さを感じることができなかったが、父の体験談を聞き、人を殺し合う戦争は本当に怖いものだと知らされた。

母の実家は、豪農とか特に裕福というわけではないが、母の祖父は博労《ばくろう》といって牛や馬の売買・仲買をしていて、牛馬の善し悪しを見分けるのが得意だったようだ。母の祖父の兄弟には、学校の先生や大企業に勤めて外国に赴任した人もいた家で、水呑み百姓で貧しく、しかも10人もが暮らす大所帯に母を嫁がせることは、苦労を買って出るようなものでとても承服できるものではない。父親ばかりか、周囲も心配してやめさせようとする母の結婚だが、

「おれは、あの人のとこに行かんねーがだったら、一生結婚はしねーすけで」

と、貧乏を覚悟して、どうしても一緒になりたいという娘の根気に負けて、父親はついに折れた。

「こんな時に、お前（母の母親）が生きていてくれたらぁ」

母は亡き妻の位牌に語り掛ける父の姿を見てしまった。気丈夫を装い、弱音を吐くことなどない父の後ろ姿から、連れ合いを早く失い、男手一つで育ててくれた父親の嘆きが伝わり、その父親の説得を振り切って嫁ぐ親不孝を、母は心で詫びた。

＊父母の結婚

昭和22年、父と母は結婚した。

私は3人兄妹の2番目で、兄と妹がいる。私の衣類はいつも兄のおさがり（お古）で、新しいものを着た記憶があまりないが、小学校に上がる時の制服は新品であった。その他

はアノラック（雨具）を一度買ってもらい、嬉しくて寝る時も枕元に置いて寝たことを覚えている。

兄はガキ大将の親分肌であった。いつも威張っていて、学校では恐れるものがいない。私はどちらかというと大人しく、人見知りであったが、兄のお陰でいじめに遭うことはなかった。たとえいじめられそうになっても、「兄に言うぞ」と言えば、悪ガキどもが退散するほどで、先生に言いつける以上の効果があったように思う。

私が生まれた頃の母は母乳が出ず、もちろん粉ミルクを買える余裕などあるはずもないので、止むなく隣村で子供を産んだ親しい人にお願いし、もらい乳をして私を育てたそうで、それを話す時の母は、

「乳をおじ（次男の私）に飲まさんねいで、人に取られたようだった」

と、辛く寂しそうな顔をしてそう言った。

私は、生まれて4歳を待たずに祖父母と一緒に寝るようになった。妹が生まれて、両親の子育てが大変になったからだ。父は、欲しくてたまらなかった女の子が生まれ、可愛くて仕方がない。晩酌の時は決まって膝に抱え、あやしながら飲んだ。酒が入り過ぎると髭面を妹の顔に擦りつけるものだから、祖母に「嫌がることをしんな」と、怒られていた。時代の流れもあって、妹は高校に進学し、卒業すると上京して大手百貨店に就職した。

藁布団に包まり、毎日祖母に抱きついて寝ていると、

「かっか（母）とばあ（祖母）のどっちが俺の親なんだろう？」

などと考えてしまうこともあった。父の兄弟は8人もいて、家に残る2人の叔母達との年があまり離れていないので、兄弟が5人も6人もいるような子供時代を過ごした。

　幼かったある日、神社の境内で叔母が私を自転車に乗せて子守をしていた時、過って自転車を転倒させてしまった。痛くて泣き止まない私を、叔母は家まで運んだが、農作業に出てしまい家には誰もいない。泣き止まないのでよく見ると、左腕のひじ下辺りから下がだらりとしていて、我慢できないほど痛いようだ。

　骨折しているかもしれないと気が動転した叔母は、動かないように「つぐら（藁で編んだ子供を入れる籠）」の中に入れて田に走り、

「おじ（私の事）が自転車から落って手の骨がへっぺしょれた（折れた）みていだすけ、戻って来てくれろ」

　と、叫んで両親を呼んだ。慌てて走って戻った父親に負ぶさり、3㎞くらい離れた病院に行って診てもらった。やっぱり骨折していた。折れたところを固定するために腕にギプスをつけてもらって、また父に負ぶさって家に戻った。

　しかし、数日が過ぎても痛みが治まらないのか、痛みに耐えているように顔をしかめ、いつもメソメソと泣いている。最初は、「一時的なことだろう」と放っておいたものの、5日が過ぎても泣いてばかりいる。これはおかしいと思った父が、再び負ぶって病院に連れて行って医者に様子を話した。医者は左腕につけていたギブスを外して腕を診ると、

「あぁ、骨が曲がってくっつきかけて神経を圧迫している。これでは痛いはずだし、つい

たとしても腕が曲がってついてしまうので、一度剥がしてやり直します。麻酔はしないので痛がると思うから、しっかりと押さえておいてください」

そう言うと、ベッドに寝かされることもなく、一緒についてきた母と父が私を抱えて押さえつけると、医師はくっつきかけた腕を引っ張って剥がしにかかった。痛みで顔は青ざめて唇をかみ、右手で母にしがみつく私の、今引き剝がした左腕をとって正常な形に戻し、またギプスで固定した。お医者様は神様のような存在として尊敬を集めていた当時、医療ミスを疑うことなどありえず、唯々《ただただ》先生の施術を信じて託したようだ。


この出来事は、記憶の底に微かにしか残っていないが、小学生だった頃母が、

「お前は、麻酔もしないで無理やりくっつきかけた骨を剝がされたてがんに、いっそ泣かんかったがで、たまげた」

と言っていた。自転車に乗せて遊んでくれた幸江叔母も、

「おれが悪かったがだて、かんべや（堪忍して）」

と、何年が過ぎても、気を病んでいたようだ。

＊遊びの天才

私は、勉強をしなかったし、出来が悪かった。学校から帰るとカバンを投げて、夏は裏の山で杉の木の上に集めた枝で居場所を作ってターザンごっこに明け暮れ、近くを流れる川の水をせき止めて魚の掴み取りをした。水浴びや水中眼鏡をかけてヤスで魚を捕り、時

には、他人の畑のトマトやスイカを盗んで食べた。

「こらぁ、にしらぁ（お前たち）、ちったぁ取ってもいいども、みんな取るがだねぇぞ」

時には見つかって怒られることもあったが、大人達も鷹揚なもので、子供達の盗人をきつく咎めることはなかった。冬は雪洞《ゆきんどう》（かまくら）を作って、その中で家から持ち出した味噌付握り飯や餅などを焼いて食べた。雪洞は村の上と中、下で分かれ、仲の良い仲間数人で競うように作り、時々「偵察に行ってくる」と言って、他の雪洞がどんな大きさで、中にどれくらい人が入れるかなどを探りに出かける。

どの雪洞も偵察隊を脅かそうと、雪洞の周りにいくつか穴を掘ってその上に細い木の棒を渡し、更にその上を雪で覆い隠して偵察隊を待つ。お互いにどこかに穴があるに違いないと疑い、注意を払って近づくのだが、カモフラージュが上手くいった穴に落ちてしまう者がいて、それを雪洞の中から外の様子を窺うために小さく開けた穴から覗き見て、中の者は大声を出して笑う。ちゃんとわきまえたもので、穴は決してケガをさせる程深くはなく、お互いが気を配った遊びだ。

ところがある時、雪洞で遊ぶ子供達のために握り飯を届けようと近づいてきた仲間のおばあちゃんがその穴に嵌ってしまったから大変だ。子供のような身のこなしができないおばあちゃんは、そこに転んで尻が穴に嵌って動けなくなっている。驚いて皆が雪洞を飛び出しておばあちゃんを引っ張り上げて起こした。

「にしら（お前たち）、なんだてがだ、ほっけんどこに穴掘って、あぶねろぅ」

おばあちゃんの言葉はきついが、怒っていなかった。

「悪りいことばっかしてねぇで、握り飯を食ってちっと休め」

握り飯をそこに置いて、おばあちゃんは、握り飯を包んできた風呂敷を首に巻いて帰って行った。

「こったぁ（今度）大人が来たら早く出て、穴が掘ってあってあぶねぇぞと言おう」と、雪洞遊びの新しい掟にした。

他にも、色々な遊びをした。学校指定のスキー場（リフトはない）で、山の上の方まで横歩きで歩いてコースを作り、スキーで滑り降りる。

春が近くなると「凍《し》み渡《わた》り」（昼、雪面が日差しで溶けて水分を増し、夜の冷気で冷やされて固くなり、歩いてもぬからない）をしに朝早くから、結構高い裏山の山頂までスケート（自作の滑走面が5㎝くらいで広い木製）を持って登り、山頂の松の木に滲み出て固まった松脂を採ってから、スケートで滑り降りるのだ。この遊びは、間違って転んだら谷底に落ちるかもしれない遊びだが、とてもスリリングで楽しかった。採ってきた松脂は燃料となる。缶詰の空き缶の上2か所に穴を開けて、そこに針金を通して鍋のように作り、保存してあるサツマイモを家から持ち出してランダムに切ってから塩で煮て食べた。店で買うおやつなどのない子供達にとって、すきっ腹を満たしてくれる自作のおやつだった。

スリリングな遊びといえば、更に激しいのが雪道を米俵や木材などを載せて運ぶ大きな橇《そり》に乗って遊んだことだ。雪が田畑をどこまでも覆い、春が近づき「凍み渡り」ができるようになった雪の上を勾配の高い方から滑り降りる。

橇の滑走面には鉄の厚い板を張って滑りやすくしてあるので、かなりスピードが出て、間違ったらケガでは済まないかもしれない遊びだが、親も周りの大人の誰も注意などしない。昨今ではとても信じられない危険な遊びだったと思う。

物置（納屋）の屋根に上がって、盆や正月にもらった小遣いを貯めてやっと買った日光写真をするのも面白かった。豪雪地帯のため、冬は軒先まで雪が積もり、屋根に上がるのに何の苦もない。それどころか家が雪に覆われた時など、茅葺き屋根のてっぺんまでスキーで上がり、そこから滑り降りて遊ぶ。冬の晴れた日の屋根は、格好の遊び場の1つであった。

1年は正月の雑煮で始まる。餅は焼くのではなく、鍋で煮た餅をしょっぱい塩ホッケの小さな切り身の他に、大根やニンジンを細く刻んで煮込んだ具沢山の汁に入れて食べる。それだけでなく、甘い小豆をかけた餅も一緒に食べた。

1月15日は「とり追い（塞《さい》の神）」だ。神社の鳥居に飾った、前年の暮れに村の各家から1人出て、集会場に集まって編んだ大きなしめ縄や、各家から持ち寄った正月用の飾り物、神棚に祀ったお札などを集め、集会場の近くに大人達が雪を積んで作ったステージのように広い場所の上で火をおこし、そこで燃やして供養する。この時、集まった皆で、今年の豊作を願い「とり追い」の歌を唄う。

『♪とり追いだ、とり追いだ、♬ダイロウどんのとり追いだ、♫どっからどこまで追ってった、♫信濃の国まで追ってった、なーにをもって追ってった、ひぃごを抜き抜き追ってった、♬一番どりも二番どりもたぁちあがりゃホーイホイ♪』

子供には、何を言っているのかよく分からない歌詞だが、甘酒を飲み、スルメをしゃぶりながら大人達と大声で唄うのが楽しく嬉しかった。

春の彼岸の入りには、「じいじご達、ばあばご達」で黄泉の世界から帰って来る故人を家に迎えた。雪の上に藁を束ねて立て、それに火をつけて燃やしながら唄う。

『♫じいじご達、ばあばご達、♪じさ川越えてばさ船に乗って、この明るいに帰なぁれ、帰なれ♪』

彼岸が明けると、この歌の終わりの歌詞を『♫この明るいに行きなれ、行きなれ♬』と替えて唄い、藁を燃やして故人の魂を見送った。私が子供の頃は、自然をそのまま受け入れて共生し、季節毎の様々な行事を通じて今を生きる人と故人とが同化していた。

早春にはスキーや凧揚げの他に杉鉄砲でも遊んだ。細い笹竹に杉の実を口で舐めてから詰めて、古い自転車から外したスポークで強く押し出すと「ポン」と音を出して結構遠くまで飛んでいく。数人が集まると戦争ごっこになり、黄色い花粉にまみれて遊んだが、誰も花粉症になることはなかった。そもそも、その当時に花粉症の人などいたのだろうか。

初夏には、こんな遊びもした。一輪車とリヤカーを結び付けて〝三輪車〟を作り、年長者が一輪車のハンドルを操作して走る遊びだ。当然自力では走らないので、年下の子分達2、3人がリヤカーの荷台の両横に分かれて、荷台を囲う鉄柵を押して走らせるのだが、押した勢いで下り坂に差し掛かると後は自力で走り出す。そのタイミングで、後ろの3人が一斉にリヤカーの荷台に飛び乗って、あたかも自動車でドライブをしているような気分を味わう遊びだ。

ある日、同じように〝三輪車〟を作り、4人の子分に後ろから押させて短い距離のドライブに出た。下り坂に出て勢いのついたタイミングで、後ろの4人が一斉にリヤカーに飛び乗った。そこまではよかったのだが、その日は押し手が4人で、その4人が一斉に、しかもリヤカーの両タイヤよりも後ろの方に飛び乗ったものだから、前に括り付けた一輪車が運転手の私と一緒に浮いてしまって、舵が取れない。

「どうしよう」

しかし、ただ慌てるだけでどうにもならず、〝三輪車〟は道の横を流れる川に向かって走り転落した。幸いにも川の水はそう多くなくて流れも弱かったのでかすり傷程度のケガで済んだが、着ているものはずぶ濡れだ。何とか5人で一輪車とリヤカーを道に引っ張り上げ、

「いやぁ、たまげたな。リヤカーの後ろの方に乗れば一輪車が浮くがだら、こんだぁ、タイヤより前の方に乗るぞ」

などと、ワイワイ騒ぎながら、皆で一輪車とリヤカーを引いて帰った。よせばいいのに懲りもせず、また同じ遊びをバージョンアップして繰り返す。何年生の時だったか忘れたが、通知表に、

『阿部君は授業中は口数が少なくて大人しいが、休み時間になると急に元気になります』

担任がそう書いた通信簿のコメントを覚えている。

中学生になると中間試験や期末試験が実施されるが、この期間中は先生に、

「テスト勉強をちゃんとするように、期間中は外で遊ばない」

テストの期間中は、テストの勉強をするようにと、家に帰ってから外で遊ぶのを禁じられていた。家の中に遊べるような場所も道具やおもちゃもないが、当然勉強をする気もない。それでも、少しは勉強をしたふりをしてから外に出て、神社の境内に行ってみると、同じように勉強ができないかやる気のない劣等生が数人いた。

皆で神社の中に入って、先輩から代々受け継がれてきた賭博に興じた。この遊びは、金属の受け皿（直径5㎝くらい）が20枚ほどついた蠟燭立てのその受け皿を全部外して等分に分け、賭博の親は自分が持っている数枚の受け皿のどれか1枚の裏に他の受け皿でひっかき傷をつけ、持ち皿全てを表向きに自分の前に並べる。子は、親が傷をつけたと思う皿の前に自分の皿の何枚かを置いて賭ける。それで、当たった者が他の者が置いたハズレの皿を総取りするという賭けだ。おもちゃを買ってもらえないから、遊びの天才達は自分達で遊びを考えて遊んだ。

＊父の出稼ぎ土産

父は冬になると雪のない関東方面に出稼ぎに出た。雪解けまで、仕事先の飯場で寝泊ま

りして土方の仕事で稼いで、雪解けになると私達子供3人に土産を買って帰って来た。年に1度のお土産を、兄弟3人でどんなに待ち遠しく思ったことか。

　その年は出稼ぎに出かける前、父が珍しく私に、

「おじは何の土産が欲しいがだ？」と聞いてきた。

　私は機械いじりが好きで、近所に同じように機械いじりやラジオの組み立てなどが好きな先輩がいて、よく遊びに行っていた。父はそのことを知っていたので聞いてきたのだろうが、私は、迷うことなく、

「ラジオの組み立てキットが欲しい」

　とお願いした。今思うと、私を高校に進学させられず、15歳で就職させることを不憫に思った父が、思い切って散財の覚悟を決めて聞いてくれたのだろうと思う。

　早春の夕方、ようやく出稼ぎから帰って来た父の荷物の中に、東京の秋葉原で買ったラジオの組み立てキットが本当にあった。

「ほら、おじの分はこれだ」

　そう言って渡された時は、感激で涙が出そうだった。明日まで待てるはずがなく、早速開けて、組み立て案内書を見ながらパーツを確認した。ゲルマニウムではない、真空管を使った本格的なラジオキットを手にし、興奮で頬が紅潮した。その日は、枕元にラジオキットを置いたが、興奮がなかなか冷めずいつまでも眠りにつくことができなかった。

　ラジオは「ハンダゴテ」で配線を繋ぐなどが必要な本格物で、こんなものを買ってもら

えるとは夢にも思っていなかった。いつも夕方になると酒ばっかり飲んで怖い父だったが、この時ばかりはすごく立派に思えた。組み立てに何日も費やしたし、間違えて裸線にふれ「ドカン」と感電してびっくりしたこともあったが、完成して音が出た時の手ごたえに、物作りの楽しさを知った。

＊修学旅行

中学の修学旅行は、新潟市だった。列車に乗って何処かに行くことなど殆ないし、ましてや佐渡島に向かう船にも乗る。そんな旅程表をもらって、山麓の中学生が興奮しないわけがない。何日も前から、高まる期待でその日を待った。

列車で行った新潟は、山村暮らしでは想像もつかない賑わいで、歩く人波に酔うような感覚だ。初めて見た都会は度肝を抜かれるほどの街並みで、田舎と都会の違いに驚かされた。泊まった旅館での雑魚寝と枕投げ遊びが忘れられない。家では食べたことの無い食事を、皆で腹がはち切れそうになるまで食い続けたのが、今でも脳裏に残る。もっと嬉しかったのが、父の末妹の寿子叔母が旅館を訪ねてくれたことだ。私にとっては高額な小遣いとお土産を持ってわざわざ会いに来てくれた身内の温もりが嬉しくて、忘れられない。

佐渡島に向かう旅船にも初めて乗った。そもそも船に乗るのが生まれて初めてで、船酔いに苦しめられた思い出しかない。

船は佐渡島に着くことなく、途中で引き返す遊覧船だった。

兄は中学を卒業すると左官職人になるために左官の叔父に弟子入りし、その後他の工務店を経て一人前の左官職人になって、私が東京に出た数年後に家に戻った。

当時の田舎の生業は、長男が家に残って家業を継ぎ、次男以下のほとんどが義務教育を終えたら集団就職と称して、主に東京や大阪などの首都圏に散らばった。

＊洋服仕立業に入職

私が中学校を終えたのが昭和41年3月だが、当時の日本は敗戦から立ち上がり、東京オリンピックを経て、経済は急速に右肩上がりの好景気の中にあった。戦後のベビーブームで、兄弟姉妹、同級生の多い私達は「金の卵」ともてはやされており、地方は安い賃金で使える人間（労働力）供給源の役割を果たしていた。工場に勤める者も多かったが、大工、左官、洋服仕立、飲食業などの腕に職を付ける職業に就く者も少なくなかった。

工場に勤めた者はせめて高卒の学歴を得たいと、定時制高校に通学する者が多数いた。私は、中学校を卒業すると洋服仕立の丁稚奉公人になった。当時、寿子叔母と婚約中で、やがて義理の叔父になる三世治さんが、自分で着けていた腕時計を外して、それを餞別として私にくれた。我が家の貧困を思うと、高額の腕時計を「買ってくれ」などと言えるわけがない。

貰った腕時計を手首に巻いた時には、涙が出る程嬉しく、父が伴って上京する上越線に乗ってからは、耳に当てるとコチコチと時を刻む腕時計の文字盤と、車窓を流れる景色を交互に見ながら、未知の世界に挑む期待と、その期待を呑み込むほどの大きな不安の中に居た。洋服職人になろうと思ったのは別に目標があってのことではない。中学の授業に家庭科があり、裁縫で暖簾《のれん》を作ったことがあった。先生が私の作った暖簾を見て、「お前は女っ子より裁縫が上手だな」と、めったに褒められたことのないのが褒められ、それで決めたようなものだ。

そういえば中学の先生から、新幹線の車体だか部品だか忘れたが、「新幹線関係の機器を製造する会社に行ってみる気はないか?」と言われたこともあったが、どうして行かなかったのか、今も思い出せない。高校に行けるのなら、工業系の学校に行きたいと思っていたのに、何で行こうとしなかったのか、自分のことながら不思議に思う。

洋服仕立の日常は、朝6時に起きて、まず犬の散歩で始まった。犬の名前は「三郎」といった。当時の世田谷区千歳船橋付近は、まだ畑があり、住まいから少し歩いたところに牛舎もあった。周囲に人家の少ないところで、「三郎」を引いて、当時はやっていた歌を大きな声で歌いながら牛舎の方まで行って、また引き返すのが毎朝の1人になれる息抜きの時間だった。親方夫妻の子供は1人だけ。時にはその可愛い子供を三輪車に乗せて散歩に出かけることもあった。散歩から帰ると朝食になる。15分くらいで食事を済ませると、すぐに仕事に就く。8畳くらいの部屋が仕事場で、そこにミシン3台、真ん中に板台があって、上からガスのホースが延びてアイロンに繋がっている。そのアイロンが3台あった。仕事場はそんな作りになっていて、そこで親方夫婦と私の3人が働いて紳士服（背広）の縫製をする。

12時になると昼食になる。田舎で食べたこともない美味しいおかずが楽しみで、少し前に昼食の準備に入った親方夫人の作る料理の匂いがよだれを誘う。今日はどんなおかずだろうかと腹の虫が囁く。昼は総菜屋から買ってくるコロッケやメンチカツが食卓に上ることがあるが、こんな美味しいものがこの世にあったのか、本当に美味しいと感じた。時折、親方夫人が作るインスタントラーメンには、ハムやゆで卵、メンマ、焼きのりがのっていて、つゆまで綺麗に舐めるように平らげた。午後の1時になると仕事に戻る。丁稚奉公は修業だから、親方の仕事を盗んで覚えるものだと教えられた。「一を聞いて十を知る」のだそうだが、やっぱり聞かないと分からない。

最初の仕事は背広の両袖作りだが、袖状に裁断した生地をミシンで縫い合わせるのが上手くいかない。生地に縦横の模様がある場合など、その模様が自然に合わさるようにミシンをかけなければならないのだが、下側が早く送られてしまうので、それを上側の送りと合わせるように、手で送りを調整しながら足でミシンを踏まなければならない。電動とはいえ、踏み具合でスピードが変わるので、生地の質に合わせた微妙な調整を手と足で行わなければならないが、上手くできないのだ。

なるほど、「袖が一人前になれば後は楽になる」と言われたことを実感した。裾の疑似のボタン穴を作るのもとても難しいし、裏地を表地に取り付けるための「かがり」も思い通りにはいかない。技術の習得は理屈ではなく経験がものをいい、熟練は仕事をした量に比例する。頭ではなく身体が覚えるものだと肌で感じた。

夕食は6時頃だ。夕食は少し時間をかけテレビを観ながらゆっくりと食べる。好きなレスラーが活躍するプロレスを今でも思い出すのだが、その時間帯に放映していたかどうか曖昧である。夕食が終わっても仕事は終わらない。1時間くらい休んで、夜の7時からまた仕事に戻る。満腹になり、田舎ではとっくに寝ている時間に仕事をしていると、居眠りが出る。ミシンで自分の指を縫って、飛び上がるほどの痛さで眠気がすっ飛んだこともあった。こんな時は痛みでしばらく仕事どころでない。さすがに親方もこの時ばかりは「大丈夫か?」と優しく気遣ってくれた。

仕事を終えて、消灯するのは午後10時か11時で、1日が滅茶苦茶長い。私の寝室は、洋服生地の端切れなどで散らかった仕事場のゴミを片付けたその一角だ。だから、朝私が寝ていては仕事ができないので、否応なく無遅刻無欠勤、しかも皆勤だ。

失敗も半端ではなかった。アイロンを当てすぎては焦がす。縫い方が一様でなく袖の形が整わない。縫い方が悪いのは、解いてからやり直すこともできるが、焦がしてしまっては打つ手がない。こんな時は自転車で仕事を出してくれる親会社に行き、謝ってから代わりの生地をもらって来なくてはならない。自分の不甲斐なさに、往復の道すがら、何度涙を流したことだろうか。私が、小学生の時に既に他界していた祖母に、

「俺はダメだなぁ、どうしたらいいがだ?」

と勝手に祖母の星と決めて話しかける星は、ただ明るく瞬くだけで何も答えてはくれな

い。勝気な性格でない洟垂れ小僧の私は、ただただ辛く、大粒の涙で星が滲んだ。

楽しみは月2回の休日と、盆と正月の帰省である。休みには叔母が東京で始めた「おにぎり屋」に行き、スパゲティを作ってもらって食べるのが嬉しかった。茹でただけの麵の上にたっぷりとマヨネーズを混ぜて食べるのだが、絶品である。こんな美味しいものは他にない。

新宿のACBホールにも、親会社に勤める同級生で同じ職人見習いの友人とよく通った。当時はまだあまり有名になっていなかったザ・タイガースやザ・スパイダースなどのグループサウンズ華やかりし頃で、そのサウンドに痺れた。

後にお化け番組「8時だョ！　全員集合」でお茶の間を沸かせたドリフターズもACBに出演していて、私は舞台で他のメンバーに遅れてノロノロと滑稽に動き回る高木ブーが大好きで大いに笑った。ACBではイベントに「桜祭り」が行われ、そこの抽選でギターをゲットした。それだけ足繁く通った証に思える。

ACBの帰りは、友人と新宿の山手線の線路脇にある通称「しょんべん横丁」でサンマなどの焼魚定食を食べるのも、楽しみの1つであった。

＊洋服仕立業を辞める

洋服仕立ての仕事で日々を送る中、段々と仕立てという仕事そのものというよりも、朝から晩まで、しかも深夜近くまで働く日常に疑問を持つようになっていった。

入職して2年が過ぎた初夏のある日に、とうとう親方に、

「辞めさせて下さい」

と涙ながらに訴えた。思い悩んだ末のことだが、辞める決意ができたのは、ゴルフのクラブを製造販売する義理の叔父が、

「辞めるなら私を手伝いなさい」

と言ってくれたからで、辞めたその日に叔父が車で私の少ない荷物を運んでくれて、事務所の隣の狭い部屋が私の住居となった。

叔父の会社は昨今のゴルフブームに乗って忙しく、「猫の手も借りたいくらいだ」と言っていた。私は、営業見習として、叔父の会社で働くことになった。洋服仕立時代は作業場に籠った仕事で、外部の人との接触が少なかった17歳の自分に、営業職が務まるのか不安であった。しかし、叔父に付いて回ることで徐々に慣れ、また、訪問先では若僧の営業マンを可愛がってくれて、いつの間にか営業に出るのが楽しくなっていた。

私は、洋服仕立の仕事を辞めた時、「学歴が中学卒でこの先通用するだろうか」と悩んだ。洋服の仕立屋なら職人としての技術が身に付き、頑張りさえすれば洋服仕立職人として十分食べていけると思うが、学歴も技術もない今の私には将来が見えない。たとえ今の営業を続けるにしても、右肩上がりの経済社会は高学歴者を求めていて、将来への不安は拭えない。

『少なくとも高等学校ぐらいは卒業していなければ、世間に見放されるのではないだろう

か』

洋服仕立屋の時に中学の同級生の何人かと文通をしていて、その中には高校生活を楽しむ数人がいて、「羨ましい」といつも感じていた。洋服仕立の仕事を離れると益々羨ましさが募り、加えて学歴の必要性を強く感じるようになっていた。

『俺も定時制の高校に行きたい』

ふつふつと湧き上がる気持ちを、どうしても抑えることができない。中学を終えたら就職すると決めていた私は、勉強に全く関心がなく、学校から帰るとカバンを玄関に放り投げて山川を遊びまわっていた。遊びでは天才でも頭は空っぽだ。しかも卒業から2年半もの歳月が過ぎていた。

『今頃挑戦して合格できるだろうか？』

でも、高校生活に憧れを描いた夢は、日増しに膨らんでいった。

学生に挑戦

＊定時制高校生になる

『やってみるしかないか』

中学校の時の教科書を田舎の家から送ってもらい、参考書を買って夜間勉強を始めた。仕事を終えてからの勉学は、眠気が襲って妨げとなり、遅々として理解が進まない。全く自信が持てないまま、ついに受験日が来てしまった。

『試験結果はダメで元々』

と思おうとしていたが、合否の通知を受け取るまでの間、少しの期待と大きな不安の日々を過ごしていた。

『受かっていた』

嬉しくて、合格通知を受け取ったその日に、洋服屋時代の友人達（大工、左官、町工場で働く職工）に片端から電話して、お祝い会をねだった。仲間が集ったその日、居酒屋でおごってもらったご馳走を、腹の皮がはち切れそうになるまで詰め込んだ。友達は本当に有難く、欠くことのできない大切な存在だと、心底そう思えた。

3年遅れの高校生活だが、定時制高校には似たような境遇の仲間も多く、毎日を大いに楽しんだ。勉強も頑張ったつもりだが、よく遊んだ。授業をさぼって、当時盛んだったボーリングに級友と行って遊び、既に社会人となって働いている仲間から、

「たまには飲もうよ」

そう誘ってもらえるのが嬉しくて、授業をさぼってはおごってもらった。定時制とはいえ高校生になった私は、叔父の会社でゴルフクラブを卸販売する営業職が重荷になってきた。というのも、営業職は定時に仕事を終えることがなかなか難しく、学校の始業時間に間に合わない日が続いたからだ。

定時制高校への通学を許し、18歳の若者には何の不自由もない給与と生活環境を与えてくれた叔父の許しを請うて、高校の近くにある顔料メーカの総務部経理課に転職した。高校は商業高校だが、これまで帳簿の経験など全くない私に、上司や先輩社員が手取り足取り仕事を教えてくれた。

当時はまだコンピュータはおろか電卓すらない時代で、伝票計算は「そろばん」が主流だった。そのそろばんを使いこなせない私を気長に見守り、根気よく指導してくれたお陰で結構使えるようになった。上司の恩に報いたいとの思いもあって、定時制高校1年生の秋に商業簿記3級の試験に挑戦し、資格を得た。仕事にも徐々に慣れ、大学に入学するまで、日中はこの会社で会社の仕組みや総務、経理の仕事を学んだ。

ある日会社に税務調査が入り、課長や上司と共に緊張の面持ちで税務署員に相対した経験を今でも忘れられない。同じ高校に通う先輩も在職していた。先輩は生徒会長を務めて

いて、この人を目標に置き、私もこうなりたいと自分を励ました。

高校生のうちに20歳になった私は、教師ともたまに酒を飲んだ。学校が引けるのは21時過ぎだが、私の4畳半1間のアパートに先生が立ち寄り、乾きもののつまみを齧り、ビールや日本酒を酌み交わしながら他愛もなく交わす話の合間に、時には政治談議を挟み、熱く議論も交わした。しかし、どんなに親しくとも教師は教師、さぼる度に担任から注意を受けた。いつの通信簿だか忘れたが「仮進級おめでとう」と書かれた通知表を受け取り、春休みに補講を受けたことがあった。

「阿部君は、『ニコニコ会』だか何だかを作って、皆を引き連れてボーリングだのハイキングだのと、遊んでいるようだけど、学校をさぼりすぎです。だから、出席日数が足りないので、このままでは進級させられません。春休みの補講を受けてもらいます」

先生は、何とか進級させてやろうと、春休みの一部を犠牲にして応援してくれた。もちろん、補講を受けたのは私だけではない。でも決して不良少年だったわけではない。高校3年になると、今度は大学にも行ってみたくなった。高校は昼間勤めながらの定時制高校なので、大学に行くなら昼間行きたいと思った。性格のせいか、思い立ったら頭からそのことが離れない。学力的にも、私レベルでは昼間の大学を目指す障壁は大変なものであろうと想像できる。

「夜間であれば、それなりに名の知れた大学に行けると思う」

担任の先生にそう言われた。

しかし私は、夜間ではなく、昼間の大学に通いたいのだ。特別行きたいと思う大学はないが、中学生時代には夢見ることすらできなかった昼間の大学に通う自分を想像すると、拾ってくれる大学があればどこでも良い、でも昼間大学に行くことになったら生活はどうする、学費や家賃、日常の生活費の工面ができるのか、親からの仕送りは一切望めないとすれば、今度は夜働くしかない。それで学費も賄えるだろうか――。

入学金と授業料が最も安い大学をピックアップしてみる。そうだ奨学金制度を使えないだろうか、アルバイト先はせめて夕食を出してくれる飲食関係にして食費を浮かそう――などと学びながら生きる方策をあれこれと思い描き、担任の先生にも相談した。

ある日、ホテルのレストランがウエイターを募集していることを、広告を見て知った。そうか、高校を卒業したらウエイターのアルバイトで収入を得れば良い。賄いも付いているらしい。時給は高くないが、夜間のバイトなので昼間よりも少しは高い。1日3時間から4時間は働けそうだ。奨学金（まだ受給できるかどうか分からないが）が月2万円くらいとして、学校が休みの時は1日7時間以上働こう。そうすれば何とか学費と生活費を賄えそうだ。見通しがついた。自分に都合がよく、何の確信も保証もない甘々の見通しだが、これで大学に行けると、大学生になった自分の姿を思い描き希望が湧いた。

高校の4年間はとても充実したものであった。高校生になった時、どちらかというと引っ込み思案で、人前で話したりすることが苦手な自分を変えたいと思った。人前で赤面する自分が嫌だった。確か、タイトルが『赤面症を治す本』だったと思うが、本を買って読んだ。その中の一説に、「猿はおしりが赤いが、恥ずかしくて顔を赤くすることはない。動物の中で恥ずかしさのために顔を赤らめることのできるのは人間だけで、自分が赤くなれることに誇りを持ちなさい」というようなことが書かれていた。

「目から鱗」といっても、この時この言葉の意味をまだ知らなかったが、大きな勇気をもらう言葉だった。自分自身が少しでもプラス成長したいと思い、3年生の時、生徒会長に立候補した。体育館に集まった全校の生徒の前で、緊張に足を震わせながら立会演説を行い、4年生の先輩に競り勝って、生徒を束ねるリーダーを経験した。学園祭では演劇で主役を演じ、仲間のバックコーラスで歌った。

顔が赤くなるのは簡単には治せないが、赤くなることが恥ずかしいことではないと思えるようになり、次第に気にすることがなくなった。「三つ子の魂百まで」の諺の如く、自身の持つ本質的性格まで変えられるとは思わないが、後天的な引っ込み思案は変えられると思った。人前で話し、討論や議論を交わすことへの抵抗感は次第に薄れ、人は変われるものだと身をもって体現できたと思う。

＊初　恋

一人前に恋もした。3歳年下の同級生の女の子だ。まだ中学を終えたばかりの妹のような存在だが、笑う時の頬の笑窪と笑い声が好きで、「いい子がいるなぁ」と思った。

彼女も、年上の私を気に入ってくれて、仕事が休みの日には仲間を誘って映画を観て、近くの荒川遊園地や池袋の流れるプールなど、色々な所に行って遊んだ。

帰りに2人だけになると、都営荒川線の小台駅に近いいつも行く喫茶店でお茶をし、その後、彼女の家の近くまで送っていく道すがら、その日の出来事を話しながら、住まいの団地の階段を上っていく彼女の姿が見えなくなるまで見送るのが決まりになった。漠然とだが、私の中に、もしかして将来この子と結婚して、家庭を築くのではないのかな、と淡い夢を持った。しかしある日、私にとって全く意外な彼女の内面を知ったことで、気持が揺らぎ、芽生えた感情に乱れが出てしまった。それで、

「大学に行きたいので、受験勉強をそろそろ始めなければならないから」

と、大学入試を言い訳に、しばらく会わないことにした。彼女の家族全員が信心している宗教を彼女も信じていることを知って、それが私の気持ちを萎えさせてしまったのだ。私も無宗教かといえば、家が「真言宗智山派」に属しているので、そうとは言えない。だが、宗教を意識するのは、葬儀に伴う行事の時だけだ。しかし彼女は違う。家では毎朝家族と共にお題目を唱え、月に何度か宗教団体が行う教義も受け、寄付もしていると言っていた。

実は、私が小学生の頃、祖母が病に伏していた時に、田舎にも支部のあるその宗教の信者が我が家を訪ねてきて、

「この宗教に入信し、教義を授かればおばあちゃんの病は癒されますよ」

と言って勧誘してきた。すると父は烈火の如く怒り、追い返した。

その時の記憶が蘇り、焦った私は、

「その宗教から離れることはできないの？　俺はその宗教に嫌な思い出しかなく、できれば止めて欲しいと、正直思っているんだけど」

「でもね、あたいは子供の時から、親がやっているから当たり前だと思ってきたの。だから、良いも悪いもよく分からないけど、やめられないと思うの」

彼女は、自分のことを「あたい」と言った。

私は、彼女が信心する心の襞《ひだ》に初めて触れ、今まで気付かずにきたことを恥じた。

「そうか、それなら俺も、その宗教の教義を聞いてみたいから一度連れて行ってくれないかなぁ。理解できるかどうかなんて分からないけど」

「そう、行ってくれる？　一緒に行けるなんて、何だか嬉しいなぁ」

数日後、教義が行われる会場に連れられて行くと、既に老若男女、大勢の信者が集い雑談に花を咲かせていた。教義の前に皆が、声を合わせ一斉にお題目を唱え始めた。会場いっぱいの信者が独特の発声で唱えるのだが、私にはバッタの大群が一斉に羽ばたいたかのようにしか耳に入らず、彼女を促して早々に会場を出た。

「ゴメン、俺はどうしても、ダメだ」

「そうなんだね。今日は一緒に参加してくれて嬉しかったけど、やっぱりダメなんだね」

悲しそうにそう言う彼女が愛おしかった。だが、その感情を言葉にも態度にも表せなかった。

そんなことがあって、しばらくデートはお預けになった。決して嫌いになったわけでないので、休みの都度一緒に遊んでいた彼女が何だか遠くに行ってしまい、空気の抜けた風船のように張り合いがない。潤いのあった日々から、乾いた日々へと、これまでの日常に灰色の靄がかかっていくようで寂しかった。学校では毎日顔を見ていながらこんな風になってしまい、ふたりで会う日から遠ざかっていたが、久しぶりにいつもの喫茶店で待ち合わせた。気まずさの中でコーヒーフロートをすすりながら、

「こんな風にして会うのは久しぶりだね。何だか、これまでと違って変な感じ。あの後、何かあった？」

「あのね、あたいは仲の良い友達2人に話したのよ。話したというか、相談のような感じで聞いてもらったの」

「そぉ、それで友達は何と言っていた？」

「友達のお姉さんはね、結婚した旦那さんが、阿部ちゃんのように信者じゃない人なんだって。それで、そのお姉さんは、祭壇を押し入れの中に置いて祀り、朝、旦那さんが起きる前に、小さな声でお題目を唱えるんだって。他にも色々話したけど、私ね、もしも将来誰かと結婚することになったとしても、そのお姉さんと同じようにはできないと思うの。やっぱり、同じ信者が良いのかなぁ……」

俯《うつむ》きながらも、彼女は淡々と自分の思いを話してくれた。

「えぇ、もうそんな風に結論を出してしまったんだ。驚いたなぁ。でも、俺だって同じ家

に住んでいながら、奥さんが隠れて信心しているのは、何だかおかしいとは思うよ。だけど、そうだからといって、それじゃ別れようじゃなくて、どうしたらやっていけるのか考えないとね」

とは言ったものの、彼女が、私との付き合いを、思いの外真剣に考えてくれていた上での、もう戻れないであろう結論に狼狽した。

「もう、両親にも兄にも話したの。寂しくなるに決まっているけど、阿部ちゃんとのお付き合いを終わりにしたいの。もう、どうにもならないことなの」

＊失　恋

私と付き合っていることを家族に話してくれていたことが分かり、そのことは素直に嬉しかった。そんな彼女が目に涙をいっぱいためて、今にも泣きそうな顔をしながらも、意を強くして訴えかける姿を前に、私は言うべき言葉を失った。彼女は強い。いや、宗教を心の糧として心底信じている人は強い。この時、つくづくそう思い、羨ましいとさえ思った。

彼女から別れを先に告げられた。本当は自分から言い出すつもりの言葉を先に言われてしまった。結局振られてしまったのだ。特定の宗教は、それを信仰する人を幸せにするのかもしれないが、私のように「八百万（山、海、風、穀物、火、水、土や木々、草花など）の神」を信じるような人間を、決して幸せにはしない。

僻《ひが》み根性が現れてしまった。彼女とは、喫茶店の前で手を振って別れ、立ち去る後ろ姿が見えなくなるまで、未練がましく目で追い続けた。

「明日から学校で、どんな顔をして彼女と接したらいいんだろう……」

それが辛い。初恋はこうして儚くも終わってしまったが、それにもかかわらず、大学に入り勉学とアルバイトに追われるようになってからも、彼女はいつまでも私の記憶の引き出しに潜んでいて、時々その引き出しから顔を覗かせる彼女と、過ぎ去った日々を懐かしんだ。

＊大学生になる

高校生活の最後は受験である。

商業高校だったので、受験科目に商業科目がある首都圏の大学で、入学金や授業料が安い大学に絞った。

「安んじて事を托さるる人となれ」

建学精神をそう謳う横浜商科大学に入学が許され、追い続けた大学生の資格を手に入れ、昭和48年4月ついに夢にまで見た大学に入学し、憧れの大学生生活がスタートした。奨学金貸与の面接も無事通っていて、特別奨学金受給者になることができた。その面接で、

「君は新潟出身だね。田中角栄さんの日本列島改造論をどう思いますか？」

そう聞かれたことを今でも鮮明に覚えている。だが、何と答えたのか、覚えていない。

アルバイト先もステーションホテルのレストランに決まり、高校生の時に漠然と描いた生活スタイルが実現できた。バイト先には、私以外にも、有名大学に通う数名のバイトがいた。蝶ネクタイを締めてお客様に飲食物を運ぶ共通の仕事仲間として友情も芽生えた。バイトを終えると、店長が「ビールでも飲むか」と言って時々ご馳走をしてくれた。

ある日、店長に連れられて銀座の高級クラブに初めて入った。私の脇に座った、日本髪を結い和服を着た女性のなんと美しいことか。緊張で自分から話をすることができず、ただただ聞かれたことに応え、注がれたビールをぎこちなく口に運ぶばかり。こんな素敵な女性に、これまで出会ったことはない。

バイト先のコック長は、時々お客様に出すような料理を作って私達にも食べさせてくれた。

「おーい、カレーでも食べて帰るか？」

賄い食は質素で味気ないものだったが、コック長の作るカレーは絶品だった。たまにはエビフライも作ってくれて、何といってもホテルのレストランでお客様に提供する料理を作るプロの味が不味いわけがない。

貧乏学生には身の丈に合わないご馳走に、『舌が肥えてしまったらどうしよう』と、真面目にそう思った。

バイトと遊びで忙しい学生生活では、単位の取得が思うに任せず、卒業から45年以上が過ぎた今でも、単位が足りなくて卒業できなかった夢を見ることがある。

＊好意に甘える

普通の学生は4回生になるとほとんど学校に行かなくなるが、お陰様で4回生の私はほぼ毎日通学し、不足する単位の取得に必死であった。そんな私に助け舟を出してくれたのが、洋服仕立業の時にお世話になった、親会社の社長だ。

社長の下で勤める友人が私の窮状を社長に話してくれて、社長が、

「私のところに来て、1日に袖付けか衿付けを5着やってくれたら、アルバイト料と朝夕の食事、それと寮に住ましてやるぞ」

と、誘ってくれた。バイト料は、仕事の量を大きく上回る高給で、毎日大学に通うのに十分足りる厚遇だった。社長は、中学を卒業して上京し、辛酸を重ねて株式会社を起業した地元の大先輩だ。それだけに、働きながら学ぶ人の心が分かり、バイトというカモフラージュで私を支援してくれたのだと思う。

友人は、仕事が終える私を待って、近くの行きつけのスナックで、頻繁に夜食をご馳走してくれた。お陰様で、留年することなく大学を終えることができたばかりか、何とか高校の教員資格を修得することもできた。既に他界してしまった社長と、今なお友人でいてくれる旧友には、ただただ感謝あるのみだ。

就　職

＊実家に帰る

大学を卒業したら、私は都会で就職したいと考え、何社かの入社試験を受ける予定でいた。私立高校の先生になる道もあった。だが、実家で両親と暮らしていた兄が家を出るという。そのツケが私に回って来た。父から、

「兄に良い人ができてよその町に婿にいくから、お前が家に入ってくれ」

と言ってきた。そんな父の言い草に腹が立った。勝手だと思った。

私は15歳で上京してから10年、親の仕送りに頼ることなく1人でやってきた。親が進めた洋服仕立て職人にはならなかったが、仕立屋を辞めた後、定時制高校に通い、大学に通うのも自力でやってきたではないか。それは、次男以下の宿命のようなもので、家を離れた後は自力で生活の糧を得て一家を成す。ごく当たり前にこのことを目指して、やっとここまでやって来た。自分なりに努力してきたつもりで、就職の目途がつきかけた矢先に家に戻れとは。

「俺は、来年3月に卒業して東京で就職するつもりだから、今更戻れない」

と断った。だが、父も諦めない。

「兄が家を出たら、おじ（次男）が家に入って親の面倒を見るのが当たり前だろう」

と言う。なるほど、数は少なかったが、その当時長男が何らかの都合で家を出ると、代わって次男が入り、あるいは結婚している兄が病気などで他界した場合、次男が兄嫁と結婚して家を継ぐのが、そんなに珍しくなかった時代であった。

正月に帰郷して、再び父から話を聞き、兄が婿になる理由は理解できた。

先方は女性ばかりの3人家族で、もし嫁に出したら老婆2人が家に残ることになるという。兄の結婚そのものは反対しないし、幸せになってほしいと願う。兄が家を出た後、両親2人だけになる実家を思うと、不憫な気もする。

帰るための交換条件を言ってみた。

「親父の工面で、2年だけイギリスに行かせてくれたら帰ってもいいぞ」

何と、私の予想に反し、父は田畑の一部を売ってでも費用を出すと言った。

父の本気度を知り、結局父の言い分を受け入れ、イギリス行きも諦めて、卒業したら家に戻って跡を継ぐことを約束した。

起業に向けて

＊恩ある会社を辞める

13年間勤めた会社を退職し、起業を目指した動機は、退職の3年ほど前に遡る。世は情報化時代の萌芽期を迎え、多くの企業がコンピュータシステムの導入促進を目指していた。私が勤める会社でも、業務効率化を進めるため、まず設計部門に製図をサポートするCAD（Computer Aided Design）の導入が決まり、次いで事務部門にもコンピュータを導入することになった。全社従業員100名を下回る弱小企業故、専任の担当者を配属することが叶わないことから、私が事務部門のコンピュータ化促進の旗振り役に指名された。

大学生時代にコンピュータの授業は受けていたものの、当時のコンピュータは、最新の機器でもロール紙にパンチングしてプログラミングするという代物で、今目の前にしている、16インチのフロッピーデスクを用いる機器とは全く異なる構造のマシーンだった。これでは、私には手も足も出ない。頭を抱えていると、導入元の外資系メーカで、機器の構造やプログラミングに関する講習を行うという。早速、東京の飯倉にある研修センターを訪れ、数日間の講習を受講した。

社に帰ると、待ちきれずにコンピュータルームに立籠《たてこも》り、覚えたての開発言語を反芻しながら、何日も何日も日常の仕事を忘れてプログラミングに没頭した。幾度とも数えきれないコンパイルエラーを繰り返し、その都度修正しながらも、簡単なプログラムが出来上がり、期待通りの動きを示した。

この達成感というか、満足感が私を捉えて離さず、すっかりコンピュータの虜になってしまった。同時に購入した表計算ソフトウエアや、ワードプロセッサも使えるまでに自習した私は、会社から許可を取るのも怠り、町のマンションの一室を借り、会社の終業時間後にパソコン教室を開くまでにのめり込んでしまった。会社は副業を禁じていたので、このことを知った工場長から、強く叱責された。

私は、コンピュータに夢中になった自分の中に、このコンピュータを使った自前の「企業の業務効率化を図る会社を興したい」――そんな野心が目覚めたことを自覚していた。工場長から叱責を受けたことがトリガーとなり、私は会社を辞して起業を目指すことを密かに決意した。とはいえ、すぐに独立しようとしても、私に備わるものは何もない。コンピュータに関する多少の知識があっても、会社のコンピュータ化で世話になった外部のコンピュータ技術者（SE）の足元にも及ばない。ハードウエアの構造や知識も研修で授かった程度だし、数多ある中小企業の業務実態など知る由もない。独立し起業することができる必要最低限の「知識・技術・経営ノウハウ」のどれ一つとして、今の自分には備わっていない。

悶々とした日々は、光陰矢の如く過ぎ去っていく。

何か月が経過しただろうか。ある日、私にとっての朗報が入った。それは、外資系のビックカンパニーでコンピュータ関連の機器やソフトウエアのトップセールスの経験を持つ知り合いが、その会社をスピンアウトして起業し、従業員を求めているというのだ。

40歳一歩手前の、中年の私だが、自分の起業の礎を得るには好都合と考え、「修業を前提とした数年の約束で良ければ合流したい」と、打診した。

話は纏まったのだが、妻にも現在勤める会社にも、他の誰にもまだ何も話していない。妻と3人の子、それに両親を抱え、10年以上勤務して課長職にまで引き上げてくれた恩ある会社を辞し、無謀にも東京に単身で出ようとする私に、味方などあろうはずがない。それが分かるだけに、言い出す勇気が湧いてこないが、こんなチャンスがこれからも巡って来るとは思えない。勇気をもって、まず会社を辞するための辞表を書いて工場長に頭を下げた。当然のように工場長預かりとなって、辞表は机の引き出しに放り込まれた。

「来週、社長が工場に来る予定だから、その時に私から君の意向を話してみる。それまで勝手な言動は慎むように」

工場長にそうきつく言われ、その後、

「今日仕事が終わったら、私のアパートに顔を出して欲しい」

と告げられた。夕方7時前に工場長宅を訪れると、テーブルには、刺身や焼き鳥の他、種々の乾き物のつまみと酒類が用意されていた。

「今日、君の申し出を初めて聞いて、実の所『寝耳に水』だった。じっくりと君の考えを聞き話し合いたいから、遠慮せず、ざっくばらんに何でも話してくれ」

工場長は、闇雲に反対意見を言い、翻意を促すのではなく、私の考えを聴いてくれようとしている。その配慮が嬉しく身に沁みた。しかし、後日工場にやって来た社長は、最後まで会社を辞することを認めず、首を縦に振ることはなかった。

それもそのはず、私は工場の総務と経理を担当する立場にいて、社長が工場にやってくる都度送り迎えをし、夜の酒席には毎回欠かさず出向いた。

休みの日を挟む来町には身内や孫を伴うこともあったが、そんな時、子供達を連れて一緒に遊んだ。社長は、私の3人の子の名付け親で、某映画で観た建設会社の平社員と、その社員を師匠と仰ぐ釣り好きな社長との交友に似て、親しい間柄になっていた。だから、会社を去ることなど、決して許せない行為だったと思う。それが一番辛い。恩義を裏切る、あるまじき行為だということは分かる。それでも、自分の起業に対する思いの方が勝り、涙交じりに許しを請うた。

妻への告白は最後になってしまった。言おう言おうと思いながら、予想される妻の反応が怖くて言い出せなかった。

ある日の夜、食事を終え子供達が寝静まる頃合いを待って、意を決して、

「今の会社を辞めて自分の会社を立ち上げたいと思う」

と、妻に胸の内を包み隠さず話した。しばしの沈黙の後、

「せっかく課長にまでしてもらい、社長や工場長に可愛がってもらっていながら、勝手な夢のような思い付きで会社を辞めるなんて、私も反対です」

　そうぴしゃりと言うと、

「第一、私と子供達、それにお父さんとお母さんを置いて、自分だけ東京に行くなんて勝手すぎます」

「だから、東京へは短期間の修業に行くだけで、すぐに帰って地元で会社を作るんだよ」

「それじゃ、失敗しない保証はあるの？　もしもダメだったら、7人もの家族をどうやって食べさせて行くつもり？」

　一番痛い所をつかれ、ぐうの音も出ない。考えが嚙み合わないまま、時間だけが過ぎてしまった。反対は親戚にまで及び、引き留めようとする声が彼方此方から聞こえ出した。

　もう、行動するしかない。

　妻は、「毎週末は必ず帰るから」と誓った私の言葉を受け入れ、やむなく承諾してくれた。後で知ったことだが、妻は離婚を真剣に考えていたようだ。強い思いとは、こんなものだと思う。バックギアを持たない車のように、ただ前進あるのみで引き返しができない。それが私の性格のようだ。

　そういえば、日頃出かける時に、例えば何か忘れ物をしたことに気付いても、財布以外の忘れ物を取りに戻ろうとしない。ブルートゥースで接続した車から、「携帯電話を忘れていませんか？」と警告されても、引き返すことはない。

私が上京したのは、周囲の山々が新緑に染まる4月初旬の早朝で、見送りに来た妻は幼子を負ぶい、長女と長男と一緒に駅舎の外にいた。ホームとは低い網目のフェンスで仕切られているだけなので、私が乗る電車が走り出すのを待たず、子らは、フェンスの外から身を乗り出すようにして小さな手を精一杯振って、「パパ、バイバイ、行ってらっしゃい」と大きな声で見送ってくれた。あれだけ反対していた妻も、背負った次男とともに子供達の後ろに隠れるようにして、そっと右手を小さく振り続けていた。

起業を目指して修業する東京の会社は、小粒だが強者《つわもの》ぞろいのプロフェッショナル集団であった。自分では結構知っていてできると思っていたシステム開発だが、思い上がりであった。お客様から受託して、求めに応じたコンピュータシステムを提供し相応の対価を得ることを生業とする会社にとって、仮に納品した機器やソフトウエアで障害が起き、ユーザに損害が及ぶようなことがあれば会社は大きな痛手を負う。それだから妥協は許されない。ユーザの業務内容に精通し、概要設計から詳細設計に至るプロセスに見落としや誤りはないか。そしてコーディングしたプログラムに予期せぬ障害の発生は起こりえないか。単体テスト、結合テスト、総合テストを繰り返し、最後に一定期間の運用テストを経て、行われる業務に最適なコンピュータ機器とセットでシステムはようやく納入される。そこには、システムエンジニアの知識と技術、それにユーザや仕事に相対する真摯な態度がなければ辿り着けないプロフェッショナルがいて集団がある。それぞれの分野で食をはむプロフェッショナルとは、こういう人達を称して言う言葉だと思い知らされた。

「このままではいけない」

私の思いと社長の方針とが一致し、私は若干身に付けた技術者としての知識をもって、セールスエンジニアとして営業に携わることになった。この業界での営業経験は全くなかったものの、電話帳を片手に目ぼしき企業をピックアップしてアポイントメントの電話をすると、数十社中に1社くらいの割合で会ってくれる情報部門の担当者がいた。当時は情報化社会が急速に進展する創成期であったので、どの企業もシステム開発に関心が深く、当時の開発言語や開発ツールを用いたシステム開発の提案に関心を持つ人が多く、売り手市場の世相であった。

暮れも間近なある日、某大手食品会社の情報システム部門に製品紹介の案内をしたところ高い関心を示してくれて、早速技術者を伴って製品のデモンストレーションに伺った。担当課長をはじめ、デモに参加した部門担当者の感触は良く、採用に向けてきっと良い返事が頂けるものと思い、その日を待った。

1週間が過ぎて少し不安になって来た頃、自席の電話が鳴った。

「阿部さん、クリスマスプレゼントがしたいので、明日にでも来てもらえますか？」

件の課長の明るい声が流れてきた。

「もちろんです、何時にお伺いしたらよろしいですか？」

「そうですね、クリスマスプレゼントですから、食事をご一緒したいし、夕方4時頃でいかがですか？」

「分かりました。その時間に伺います」

きっと、製品採用の意向に違いないと思うと、明日が待ち遠しくて仕方がない。

翌日、3時50分、会社の受付で来意を告げると、すぐに情報システム部の応接室に通してもらった。程なくして課長が笑顔で現れ、座る間もなく両手を差し伸べて、

「阿部さん、クリスマスプレゼントに先日のシステム一式を採用します」

私が期待していた通りの嬉しい言葉で、製品の採用をさらりと言った。私は、差し伸べてくれた課長の手を強く握り、嬉しさで高揚した顔を隠さず、頭が地に着くほど腰を折り曲げ、「ありがとうございます」と心からお礼を述べた。

「さぁ、クリスマスプレゼントですから、お祝いの食事をしましょう」

と、課長が誘ってくれた。

「ありがとうございます。場所は課長にお任せしますが、支払いは私にさせて下さい」

製品を買っていただいた立場から、当然ながらそう申し出た。

「何を言っているんですか。システムを採用すれば阿部さんや阿部さんの会社にサポートをお願いするのですから、今日はお任せ下さい」

その言葉に甘え、課長の案内でホテルのレストランに行き、ワインとステーキの贅を尽くした食事を済ませると、

「阿部さん、腹ごなしにカラオケはどうですか、私は歌いたい気分です」

と、誘われた。

「そうですね。私も好きなほうですから、是非ともご一緒します」

と、従った。

そういえば、課長も東京への単身赴任で、私も同じだ。それだけでも親近感がお互いに湧いたのだろう。その後もカラオケ好きな2人で、時々食事とカラオケを楽しんだ。

＊社外パートナーからの誘い

そんなこともあって、それなりに成果を上げたと自画自賛のその頃、思わぬ所から声がかかった。会社の社外パートナーから、「私の会社に来て手伝ってくれませんか」との誘いがかかったのだ。仕事の内容はシステム開発に関わる営業職で、まさに今、私が行っている仕事だ。40歳を過ぎた私に、20代後半で起業して間もない青年社長から、

「片腕になって会社を一緒にやってくれませんか」と懇願されて嬉しかった。

「短期間になると思いますが、それでも良ければ」

と返し、このオファーを受け入れることにした。今現在、世話になっている会社も短期が条件の入社であったが、少し早いことに申し訳なさを感じつつも、起業するためのステップアップに大いに役立つものと考え承諾した。

世はコンピュータブームに沸き、営業活動は思いのほか順調に推移していた。そうした営業活動の過程の中に、私が起業を決心する種《たね》が潜んでいた。

営業は、人との出会いが多いほど業績は上がる。業種、業態、規模の大小を問わず、平

成初期の日本はコンピュータシステム導入の高まりで沸いた。

まだ基本ＯＳ（オペレーションシステム）はＤＯＳの時代であったが、その後間もなくＷｉｎｄｏｗｓが発表され、雪崩を打つように企業に導入されると、勢いは更に増した。基幹業務のコンピュータシステム化は元より、事務効率の向上や諸情報のデータベース化及びその検索のための様々なソフトウエアが開発・販売されて、情報処理関連企業は好景気に沸いていた。そんな中、国が司る機関が構築したスーパーコンピュータのデータベースに各大学が所蔵する書誌データを登録し、そのデータを共有して利用する仕組みが提供され、利用が始まっていた。

当時はまだ、オフコン（オフィスコンピュータ）中心の時代であったが、そのデータベースにパソコン（パーソナルコンピュータ）からアクセスして書誌データを検索するソフトウエアが既にあることを人伝《ひとづて》に知った。

これまで、各図書館では本を購入、または寄贈などで入手すると図書台帳に手書きで記入するとともに、図書カードにも必要事項を記入して本の裏表紙にポケットを張り付けてそのカードを入れ、本の管理や貸出に使用していたのだが、パソコンからデータベース上の書誌データを検索し、そのデータを自館のパソコンにダウンロードすれば、あっという間に所蔵データが作成される。まさに画期的なテクノロジーであり、図書館業務が飛躍的進化を遂げる礎となる。その優れたソフトウエアが既に存在するというのだ。しかも、事情があって、条件さえ合えばそのソフトウエアを手放したいというではないか。眉唾ながらも、持ち主の会社社長に話を聞く機会を得ようと伝手《つて》を頼りに走り回り、ようやく面会が叶って、御徒町駅近くにある小さなオフィスを訪れた。案内されたソファに腰を下ろして室内を見渡すと、机の配置や調度品に工夫がありとても清潔で好感が持てた。

手放す理由の詳細は語らなかったが、話の様子から察するところ、何らかの理由で資金難に陥り、銀行の融資も厳しそうで、止むを得ず売却先を探していたようである。

私は、DOS版とはいえ、このソフトウエアが持つ機能に強い関心を持った。将来有望な製品だと確信し、譲り受けるに必要な条件交渉に入った。譲渡の条件は、想像していたより好条件で纏まったが、先方はもう1つ条件を付けてきた。それは、手放した後、製品を販売する代理店にして欲しいということだった。この製品を手掛けたことのない私にとっては願ってもない条件であって、製品知識と販売ノウハウの詰まった営業部門を同時に手に入れたようなものだ。私からも1つだけ条件を出した。それは、このソフトウエアを開発し、メンテナンスができる技術者に移籍してもらうことだった。手づるを通じ、上村という優秀な技術者が在籍していることを知っていたので、どうしてもこちらの会社に入れたかった。相手方も、技術者の移籍を望んでいて、快諾した。最終結論は、私が社に戻って社長の決済をもらった後、ということになった。

会社に持ち帰り、当然反対はしないだろうと思って社長に製品説明と入手額、販売方法などのレクチャーを行うと、黙って聞いていた社長が予想に反して、

「私の会社は、システム開発とコンサルティングがコンセプトの会社なので、この方針に

合いません。折角、阿部さんが苦労して見つけたコンテンツなのに、申し訳ありません」と、手厳しく指摘され、了承してもらえなかった。まだ20代の青年社長だが、信念を貫くその姿勢は立派であると思い、自分の甘い考えに赤面した。だが、この製品は間違いなくヒットし、大学や図書を扱う機関に大きく貢献すると私には思えて、どうすべきか思い悩んだ。

私の起業目的は「中小機械製造業のコンピュータ化促進に寄与すること」であって、この製品を持って起業することは、所期の目的を逸脱することになる。若い社長が信念を貫くというのに、私は今ぶれている。

思い悩んだが、出した結論は、製造業ではないが大学などの図書館業務の改善が、そこに勤める図書館司書や図書館を利用する学生や教授、一般利用者などに大きな利便性をもたらすのであれば、形は違っても十分な社会貢献になる——そんな自分に都合の良い理屈をつけ、この機会に私がこのコンテンツを入手して、起業することを決めた。

＊起業成る（泥船で大海へ）

売れると思って入手したコンテンツだったが、正直なところ、いざ起業となると確信が揺らぎ、大きなプレッシャーに苛まされ弱気になることもあって、とりあえず法人化は少し先送りにして、代理店とともに販売活動に挑んだ。

私立大学を中心にセールスプロモーションを行うと、多くの図書館が高い関心を示してくれて、やがて頻繁に響く着信コールに自席の電話が震えた。そして、平成6年9月、満を持して、資本金300万円、私の他に従業員3人、販売代理店1社の小さな有限会社が産声を上げた。社是には、仕事にかける思いを込めて、

「学び続ける姿勢、成し遂げる熱意、喜ばれてこそビジネス」

と掲げ、心機一転、泥船で大海に挑む新たな船出だった。

間もなく、センセーショナルに発表されたWindows95の発売に合わせ、思い切って身の丈を超える投資を決意して、システムをWindows対応版に作り替え、業界初のパソコンシステムとしてリリースした。

会社はようやく軌道に乗り、増資をして有限会社から資本金1千万円の株式会社に成長し、経営的には少し楽になった。相変わらず、大手同業企業が席巻する市場の隙間を狙う小さなニッチ企業の社長であり、営業マンの私だが、日本全国を飛び回る毎日が楽しかった。

平成13年9月、私は出張先の与論町にいた。仕事を終えて、客先の担当者と居酒屋で地元の強い泡盛のロックで慰労していると、急にテレビを見ていた他の客が騒ぎ出した。何事かとテレビの見える場所に行くと、何と、アメリカのワールド・トレードセンタービルに旅客機が突っ込んでいるではないか。

とんでもないことが起きていることは分かったが、何が何だか、しばらく飲むのも忘れテレビ画面に釘付けになり、呆然と見入っていた。

「阿部さん、大変なことが起きたようなので、家に帰って情報を得ましょう。阿部さんも、きっとホテルでテレビに釘付けでしょう」

「そうですね。時間も時間ですし、今日はこれでお開きということで。今日はお世話になりました。今後ともよろしくお願いします」

お礼の挨拶もソコソコに、担当者と別れ、リゾート地に建つホテルに急いだ。フロントでチェックインを済ませて部屋に入るなり、テレビのスイッチを押すと、2棟のワールド・トレードセンタービルが崩れ落ちる映像が映し出された。同時にペンタゴン、ワシントンDC、ペンシルベニアにもセスナが突っ込んだ。それが事故ではなく、イスラム過激派アルカイダによるテロだと分かったようで、どのチャンネルに切り換えても、同じような内容で報道していた。

このテロで、日本人24名を含む約3000人の犠牲者が出たことを後になって知った。日本の真珠湾攻撃以来、他国からの本土侵入を許したことのない米国だ。それが、突然、テロリストによる盲点を突いた同時多発テロの脅威に曝され、穏やかでいられるはずがない。怒り心頭の米国が、威信をかけた報復に出ることは火を見るよりも明らかだ。

世界中を巻き込む、大きな紛争にならなければよいのだが。

＊会社の履歴

平成6年9月に誕生した有限会社エム・ビー・エーは、図書館業務支援に特化した会社として、図書館市場に空く隙間をターゲットとするニッチ企業だ。後に、独自製品も幾つか生み出し、小粒だがピリリと辛い会社だと勝手に思っている。

起業の種となった書誌データの検索・登録と相互貸借システムを、業界に先立ちwindws版に対応させて「MILAGRO」と名付け、各モジュールに分けてリリースした。更に、カード目録からコンピュータも目録へと、急速に進展するコンピュータの普及に呼応した図書館業務の流れを知った時の閃きから、大学の授業で用いる「資料組織演習」のパソコン版の開発を思い立った。といっても、社内に図書館学に精通した者はいない。

技術の上村は、国立系機関が束ね、国立系の大学を中心に、自館が所有する書誌データをスーパーコンピュータに登録し、そのデータを共有して利用する、その仕組みは完全に把握していて、システムの開発とメンテナンスに何ら問題はないが、図書館学を学んではいない。しかし私は、このコンピュータシステムの仕組みを応用して、模擬教材として授業に使えるパソコンシステムに仕上げたいのだ。必ず製品化できるし、図書館司書養成科目のある大学からの需要が見込める。この思いに揺らぎはない。

思い立って、仕事でお世話になっている女子大学の教授に相談してみた。その教授が、図書館学を教える新進気鋭の若き大学教授を紹介してくれた。早速、教授にアポイントメントを取り、大阪の大学に出向いた。教授も、既にこうした流れを詳しく把握していて、意気投合するのに時間は要らなかった。

大学で教鞭をとる教授が、教材全体の構想とテキストの執筆を担当し、我が社の技術者（上村）がパソコン上で起動する模擬システムを開発することをその場で決めた。何とも早く話が纏まったものだ。

教授が、片付けをしている間、5階の会議室から大阪の夕暮れを眺めながら、閃きから製品化までの構想が思いの外早く進み、快い安堵感に満たされていた。

間もなく帰り支度を終えた教授が、「お待たせしました」と言って現れた。教授行きつけの、少し上品なお店に席を移し、「キックオフ・ミーティング」と称して、日本髪の女性のお酌で美味しいお酒と食事を味わった。その後、製品完成までに何度も大阪で打ち合わせ、同じお店に通ったことは言うまでもない。

新しいシステムの製品名を考えるのは楽しい。我が子が誕生した時のような気持ちで皆で考えた。英語の辞書だけでなく幾つかの外国語の辞書をめくり、ようやく「ＢＩＢＬＡＳ」という名に辿り着いた。バイブルを意味するギリシャ語で、教材に相応しい名だ。やがて、テキストとシステムが完成し、司書科目を教える大学にダイレクトメールで案内した。思った以上の評価があり、大阪から教授を呼んでお祝いの会をした。

その甲斐もあり、受注が増えたのを機に、技術者を新規採用することとし、会社の登記上の本社（南恵雪市）で技術者の募集を行った。なかなか、相思相愛の出会いがないまま時が過ぎたある日、大学をおえて実家に帰って来た青年が「アルバイトでよかったら」と言って、手伝ってくれることになった。

子供の頃から知っている好青年で、本当は正社員で欲しかったのだが、本人の意向を受け入れ、アルバイトで採用した。大学は文系で、プログラミング開発などの経験はなかったのだが、先に採用した、外資系企業でプログラム開発に携わった経験を持つ久川の下で、その素養が開花し、プログラミングに高い関心を持ってくれた。青年の名は「泰平」という。嬉しいことに、一年が過ぎる頃には、アルバイトから正社員になってくれた。

しかし、会社経営は良い時ばかりでない。私が頼りとし、幾つかのプロジェクトを任せていた外注先のトラブルで、納入先から大きな仕事をキャンセルされた。それまで無借金経営を誇って来た会社だが、銀行からの借入れを余儀なくされ、痛手を負った。止むを得ず、何人かの仲間に泥船から降りてもらうことになってしまった。自ら進んで下船する者もいた。そんな時でも、泰平は平然と構え、自分から船を降りるとは言わなかった。

残る者も去る者も、胸に迫る苦しさは変わらない。黙って仲間が下す二者択一の判断を待つ私は、経営者として失格だ。これまで会社を支え続けてくれた仲間に、辛い判断を迫っている自分が哀れだった。

「業績を回復させ、離れた仲間をまた復職させる」

それが、私にできる使命だと心に誓った。

泰平は、会社に残って力量を発揮し、今にも沈みそうだった泥船を、そう簡単には沈まない「木造船」に造り替え、船長役の1人として上手く舵を握り、令和の今日も、後任の久川社長と共に航海を続けている。

もう1人、起業の時から会社を一緒に支えてくれた女性がいた。名前は「麻生貴子」という。私が上京して修業のために身を置いた会社で事務スタッフをしていた人だが、人伝に退職したことを知った。

会社には事務員が必要だ。これはチャンスだ。どんな理由で退職したのかは知らないが、明るくて闊達な女性だと、以前から好感を持っていただけに、この人を口説き落とそうと思った。

ある日「お願い事があるので品川まで出てきてもらえないだろうか、できたら昼食を取りながら話を聞いてもらいたいのですが」

と電話をすると、麻生さんは二つ返事で応じてくれた。「三顧の礼」をつくしてお願いをし、一月後には狭い事務所で事務を執ってくれていた。

男所帯に花が咲いた。私とほぼ同世代だが、とても明るくて華がある。

若い社員には母親のような振る舞いで接してくれるし、事務は元より金庫番、営業サポート等々、何にでも積極的にかかわってくれた。

不躾な私は、食事を伴う接待が苦手だが、彼女は良家のお嬢様育ちで、マナーも十分だ。接待には必ず同席してもらい、どれだけ助けられたことだろうか。

ある日「大手コンピュータ関連企業が開講しているパソコン教室をこの世田谷区でも開きたいという新聞広告がありましたよ」と、私に話してきた。新し物好きで、上京するまで自分も田舎でパソコン教室を開催していたことから関心があり、主催する会社に問い合わせた。

縁あって、私の住むマンションの一室で「高年齢者のためのパソコン教室」を開校した。この教室の校長先生を務める人も、私がお世話になった、麻生さんと同じ会社に勤めていた今野恵美子さんだ。

別に私が引き抜いたのではないが、結果的に2人が我が社に入社して、私のスタッフになった。「縁は異なもの不思議なもの」だ。

今でも、高齢者の誇り高き受講生がコロナや猛暑に負けないで通い続けている。

いつもの居酒屋にて

＊似た者同士

単身で暮らす毎日は、相変わらずの食生活だが、事務所を構える小田急線の経堂駅前に格好の居酒屋を見つけ、そこが夕食の場所となった。先生と出会った居酒屋「清和」だ。

その清和に来る客は、多種多様で結構個性的な人が多い。タレント、マスコミ関係、医師、落語家、絵描き、物書き、弁護士、大学教授、事業家等々。時々テレビで見る人も顔を見せて、私のような普通のおじさんではなかなか知ることのない話題が漏れ聞こえてきて、日々の観察が楽しくて飽きない。とりわけ特徴のある名物のお客がいた。

先生は、その人のことを「魔王ちゃん」と呼ぶ。上手いあだ名だと感心した。

井上バレエ団で幼年の頃から先生の指導を受けていた、ダンサーの高絵美さんが、

「阿部さんと会う前の頃の先生は、バレエ団では口数が少なく、必要なこと以外はあまり話したがらない寡黙の人だったのですよ。それがね、時々冗談を言うようになり、淋しそうにする姿が見られなくなったのです」

そう話してくれた。

バレエ界の重鎮といわれる日常が、「関先生、関先生」と慕われる指導者と教え子の狭

い人間関係にあることから、気を許して文句や愚痴を言い合うことのない日々中で、私のような粗雑な人間と場末の居酒屋で飲み友達になったことがきっかけで、固い鎧を脱ぎ棄てて、本質が少しずつ表に現れ、冗談や他愛もない会話の楽しさを知ったのであろう。

そんな先生が名付けた「魔王ちゃん」の由来は、その人が時々「ハックション」とクシャミをすることがあるので、「ハクション大魔王」をもじって付けたようで、決して差別やいじめで言うのではなく、親しみを込めたニックネームだ。それが次第に公になり、やがて、その人が何という名前であったかさえ忘れて、皆が「魔王ちゃん」と呼ぶようになって、本人も気にした風もなく自然に受け入れた。この魔王ちゃんだが、何と芸術大学を卒業している秀才だというから驚いた。どうも音楽の才能に秀でた人のようだ。

そういえばある時、魔王ちゃんが、

「渓流を水が流れる音や、滝の音などを組み合わせた音楽を造り、ネットで配信したいんだけど、お金がなくて集音マイクを買えないんです」

と言うので、何だか面白そうだと思い、秋葉原で集音マイクを調達して貸した。しかし、いつになっても、音楽ができたとも、マイクを返すとも言わないままになっている。定まった仕事もないようで、毎日を「風太郎」のように生きていて、何をして食べているのだろうかと心配しながらも、「あぁ、天才とはこういう人をいうのか」と、訳もなく納得した。

先生はというと、10代からバレエを始めて、それ以外の世界を知らない。いわば無菌室で培養されたかのようで、信じられないほど世間に疎い。

どこか魔王ちゃんに通じるものを感じる。

＊何と、住まいが同じ

近頃はいつも先生と一緒に店を出るようになった。というのも、住まいが同じマンションであることが分かったからである。

ある日、先生が、

「それじゃ、私はお先に帰りますね」

と言って席を立ったので、

「私も帰ります」

勘定を済ませて先生の後を追うように店を出た。

すると、向かう方向に先生の姿があり、とうとう私が住むマンションの入り口に入って行った。驚かそうと急ぎ足で近づくと、先生はエレベーターの前で振り向いた。

この振り向き方が何ともエレガントだ。ゆっくりと踊るように身体を向けて、

「あらぁ、阿部さんもここなの？　驚いた。ちっとも知らなかったわ。阿部さんは何階？　私は7階よ」

そう言って先にエレベーターに乗り込み、行き先のボタンを押した。

「私もちっとも知りませんでした。ここにお住まいでしたか。私は14階ですよ」

「そう、偶然ね、ハイ、14階」

先生は14のボタンを押して、

「まさか同じマンションとはね、何かのご縁かしら、こんなこともあるんですね」

と嬉しそう。

「それじゃ、また明日ね」

と言葉を続けて、先生は7階で降りた。

＊有難迷惑

先生が通う井上バレエ団は、経堂駅から2つ先の祖師ヶ谷大蔵にある。通常1日2回、そこに通う大人や子供達を指導するのだか、夜のレッスンが6時から8時くらい迄で、その帰りに清和に立ち寄るのが日課である。

日毎に親しさを増した先生と私は、清和の入り口に近いテーブル席を占有することが多くなり、やがて他のお客もそれを認知してくれて、例えば、先に来店してその席に座っていたとしても、先生が入り口に顔を出すと、

「先生、いらしゃい、どうぞ」

先客が、ごく自然に席を譲ってくれて、いつの間にかその席が先生と私の指定席になった。大抵先生が先に来ていて奥の椅子に座り、入り口に近い方が私の席である。

だから先生の席から外がよく見える。

「ほら大学の先生が来たわよ。今度は魔王ちゃんだ。あら、隣のママが前を通ったけど、

おトイレかしら。ゾウさんのようにのっしのっしと歩いて行ったわよ。阿部さんは何食べる？　私はピーマンの肉詰めを頼みたいけど、2つだと多すぎるから、阿部さん1個食べてくれる？」

よくしゃべるのは良いのだが、今日も、おつまみをさりげない言い回しでおごってくれようとする。この所こんな調子で、自分が頼んだおつまみだけでなく、

「阿部さん飲めば。マスター、阿部さんにお銚子をつけてあげてね」

と私の分まで注文するので悪いと思い、

「先生、私だって自分で飲んだり食べたりした分は払いますよ」

そう言うと、

「いいの、遠慮しないで。今日は沢山飲めばぁ、飲め、飲め」

と囃すように言ってすすめる。

ある時、先生がトイレに立ったのを見計らって、

「マスター、先生が最近『飲め、飲め』と言ってご馳走してくれるけど、甘えてしまっていいものかね。何だか悪くて」

晩酌は、適量を好みのつまみを肴に飲むのが理想だが、私のように酒に卑しい者は、人にすすめられるとつい調子に乗って飲みすぎてしまう。だから、奢られるのは有難いが、決して好ましいことではない。

「いいんだよ。先生はきっと使い切れないほど余裕があるんだから遠慮なんかすることは

ないし、かえって遠慮しすぎると先生は喜ばないよ。ジャンジャン飲みな」

とマスター。

「そんなもんかね。大の大人がたかかっているようで、何となく気が引けるし、ちょっとだけ『有難迷惑』なんだけどねぇ」

「先生は、酒に付き合ってくれる人ができて嬉しいんじゃないのかな。遠慮なんかしないで、甘えな」

そんなことがあって、その後先生は、マスターやバイトの人も誘って、店がはねた後、隣の焼肉屋でカルビだのハツだのタンといった焼肉とビールを、頻繁にご馳走してくれるようになった。やがて、これまでも何度か顔を出していた、地下に下りる階段下にある、ダイニングバーにも、頻繁に行くようになった。そして、この店が先生と私の食事処になるのだが、それはもっと先のことである。

先生は決まって、ビールを大ジョッキで3杯飲んだ。最初に通い始めた頃は、ビールジョッキは当然店のものだったが、今では私の娘のアメリカ土産が、マスターの特別の許しを得て先生専用のジョッキになった。2個あるが、もう1個は、割れた時の予備品として部屋にとってある。店のジョッキよりも多く入る代物で、毎日現れる上客だけの特権である。

＊タバコをやめる

先生と私は、酒もよく飲んだがタバコもよくふかした。ショートホープが先生で、私はキャスターマイルドだ。ビールを飲みながらタバコをふかすものだから、ふたりで1つの灰皿はたちまち山盛りになる。

先生は上品だからそうはしないが、私はタバコがなくなると、灰皿をあさって長そうな「シケモク」を拾って吸う。それも拾い尽くすと、

「先生、1本ちょうだい」

と言って、先生のタバコを盗んで吸う。

「あらぁ、もうなくなったの？　どうぞ。これからは2箱くらい持っていたらぁ。私のタバコは阿部さんにはきついでしょう」

先生に窘《たしな》められ、流石に人の煙草を盗んで吸う自分が惨めで嫌になり、ある日タバコをやめた。すると、間もなく、先生もやめた。あんなに沢山吸っていたのに灰皿が席から消えて、その感想は2人とも同じ、

「なんであんなものを、今まであんなに沢山吸っていたんだろうかね」

絶対に無理だと思い込んでいたタバコを、何の苦もなく絶つことができて、誰よりも2人が一番驚いた。

＊猫背が治った

私は、先生からこんな注意もされた。

「阿部さん、背中が曲がっている。阿部さんは、お酒が入れば入るほど、段々猫背になるわよ。真っ直ぐに伸ばしなさい」

「そうなんです。椅子に座って飲んでいると、気付かないうちに曲がっていて、猫背になってしまいました」

「何を言っているの。真っ直ぐにするように気を付けていたら、治せるのよ」

「へぇ、そうなんですか」

背中を伸ばして、

「こんな感じですか？」

と、一時でもそのままの姿勢でいられない位に真っ直ぐに背伸びして訊くと、

「そうそう、いつもそうしているように頑張るの」

先生には何でもないが、長年姿勢など気にしてこなかった私には辛い。

「かなりきついですね、先生は、いつもこんなにしているんですね」

「最初はきつく思うけど、気にして治そうとすれば、それが当たり前になるんだからね」

「分かりました。頑張ってみます」

でも、頑張っているつもりが長続きしない。すぐにまた猫背に戻るとすかさず、

「ほら、また曲がっているでしょう」

この日だけでなく、その後、店で一緒に飲む度に注意をされ続けられたので、2か月が過ぎる頃、私は自分でもビックリして、姿勢を見てもらった。

「先生、今日は背中が曲がっていないと思うんですが」

「阿部さん、すごい。頑張ったから、大分姿勢が良くなってきたようね。その調子で頑張るのよ」

背中が曲がらなくなってから、それまで酒を飲んだ後必ずといっていいほど胃腸薬の世話になっていたが、それが嘘のように要らなくなった。きっと、姿勢が良くなり、喉から胃腸への流れがスムーズになったからだろうと思った。先生はビールしか飲まないが、私は日本酒でもビールでも焼酎でもワインでも何でも飲むから、時々先生に、

「阿部さんは酒に卑しいから」

と蔑んだ目で言われる。しかし気にしないから、毎日同じような、生産性のない会話で笑い合った。

先生の口癖は「コロスわよ」だ。バレエのレッスンで、受講生が踊りの振りを間違え、上手くできないような時に「そんな動きじゃダメ、コロスわよ」などと言う。品のない乱暴な言葉だが、先生の口から発せられると、愛情の籠ったレッスン用語に聞こえるから不思議だ。冗談がなかなか通じない先生に、顔見知りの常連客が揶揄すると、後からようやくそれが揶揄だと分かると、少し照れた顔で微笑を浮かべ、「コロスわよ」と言った。

＊世間知らず

先生は、バレエ一筋だから世間に疎い。純粋培養された先生が、よくもこれまで詐欺のような犯罪に遭わないで来たものだと思っていた。これは後で分かったことだが、銀行の女性担当者から勧められて、アメリカの▽▽ローンに手を出して、幾ばくか痛手を被ったようだ。そういえば、預金だったか、何だったか、忘れてしまったが、ある日先生が、

「思っていたより沢山利息が付いたのよ、だから、今日は私のおごり」

と言って、皆に振る舞ったことがあった。きっと、利息はこの投資で得たのだろうが、それは一時的なもので、結局、最終的に損害を被ったのであろう。

先生から投資の話を聞いて、

「何で先生は、そんなことに関心を持ったんですか、先生らしくもない。まさか先生がそういうことに手を出すとは、思ってもみませんでした」そう問い質す私に、

「だって、銀行の優しいお嬢さんが、『関さんお小遣いを稼げますよ』と言って勧めてくれたから、嘘じゃないと思ったのよ。私は、そういうことが全然分からないけど、つい話に乗っかっちゃったの」

「それは、投資ですから儲けた人もいたでしょう。所詮、投資にはリスクがつきものでしょうが。まぁ、先生が仕方ないと諦めたのでしたら、良い薬になったと思って、これからは甘い誘惑に注意して下さい」

どれくらい損をしたのか、はっきりとは言わないが、どうも少額ではないようだ。

強がる割には後悔した様子で、彫りの深い顔を曇らせた。

先生は小銭を大切にして、使い方も慎重な方で、銀行の自動引き落し払いやキャッシュカードを使わない。電気料、電話料、水道料などは、ポストに請求明細が投函される毎に、銀行や郵便局に出向いて直接支払う。これまで、ずっと確定申告も自分で行ってきたというから、知らない人から見れば、経済をよく知った倹約家に思えるかもしれないが、本当の所は、経済音痴だ。細かなお金を大切にするといった一面を持ちながら、大きなお金の使い方は何だか大雑把で大胆のように思う。だから、こんな誘いに乗ったのだが、銀行のお嬢さんも、きっとだますつもりはなく、本当に小遣い稼ぎになると思うから勧めてくれたのだろう。

いつだったか竹山が、店で不謹慎にも、

「ねえ先生、この間実家のかあちゃんが、3万円をファックスで送ってくれたんですよ」

とからかった。普通の人なら、そんなからかいに乗らないが、先生は違う。

「あら、本当？　便利な世の中ね。銀行に行かなくてもお金を受け取れるなんて！」

と真顔である。ファックスなど使ったことのない、先生ならではの反応だ。

まさかとは思うが、本気で信じたような気がして、後で質すと、

「冗談に決まっているでしょう。私が皆をからかったのよ」

そう否定したが、どうも、そう言う顔から判断すると、後になって気付いたのではないかと思う。

先生の交友

＊山間の下部温泉

21歳から主役で踊った、まさに才能と可能性に満ちた先生は交友も広い。86歳の今日まで結婚の経験はない。戸籍の汚れはないようだが、同棲の経験はあるようだ。ある日、清和で知り合ったピアノ教室の菜穂子先生が冗談半分に、

「先生は、もしかしたらコチラ系？」

と言って、手の甲を左顎から右顎に動かす仕草をしたことがあった。

普段人を怒るようなことのない先生だが、この時は、

「そんなことはありませんよ。失礼だわね！」と、周りが驚くほど声を荒らげた。

そういえば、2年前の晩秋、先生が甲府でレッスンがあるというので、この機会に私も日頃のストレス解消を名目に、先生が宿泊予定の下部温泉で合流して1泊することにした。甲府ではなく下部温泉にしたのは、先生が甲府で教える生徒さんの父親（五十澤さん）が先生のために用意してくれている定宿があるからだ。

「お2人の部屋は別に取りますので」

甲府に行く前に先生が私のことで電話を入れると、五十澤夫人はそう言ったようだ。

すると倹約家の先生は、

「そんなのもったいないから1部屋でいいわよ」

と答えていたようだ。

当日、先生は甲府のレッスンを終えてから16時過ぎに下部の「川辺温泉ホテル」に入るというので、私は新宿発13時丁度のあずさ25号で向かい、甲府で身延線に乗り換えて15時半頃にホテルで合流した。チェックインを済ませ、先生と私が部屋で寛いでいると、その五十澤夫人がホテルを訪ねて来て、

「本当に、2人1部屋で良かったのかしら？」

部屋の窓際のソファに腰掛け、仲居さんが用意してくれたお茶をすする私に訊いた。先生は中央の座椅子に座り、お茶とお茶あてを口にしながらテレビを観ていたが、

「だって、すごく広い部屋だから、1つの部屋で沢山よ。ねぇ、阿部さん」

夫人の言わんとしていることが読めない先生が、少し怪訝そうな表情で私を振り返りながら返事をした。

「そうですか。阿部さんも、本当によろしいですよね？」

「もちろん、全然問題ありません」

私も、特に夫人の意図を忖度することもなく答えた。

「今日の食事ですが、すみません、主人は会社の仕事の関係で来られないのですが、私がご一緒させていただいても構いませんか？」

「どうぞ、どうぞ、是非いらして下さい」

「時間は夕方の6時からでよろしいかしら？　それじゃ、その頃お伺いします」

五十澤家は、下部より先の身延町の住宅街に、自営する建設会社と併設していて、宿からそう遠くない。夫人は、夕食までしばらく時間が空くので、いったん自宅に帰り、所用を済ませてから出直すようだ。

下部温泉は山梨県の三大温泉の1つで、川中島の戦いで、肩に傷負った武田信玄が湯治に訪れたといわれ、外傷に抜群の効用があると伝えられている。

宿泊した川辺温泉ホテルは、下部駅の駅舎を出て右手の踏切を渡った左手に、常葉川を背にするようにして建っていて、2種類の源泉と7つの露天風呂を含む何種類ものかけ流し温泉が人気で、内湯、冷鉱泉、貸し切り湯、足湯やホテルの敷地から湧く硫黄泉、水風呂といった数々の湯船を楽しめる、温泉好きには魅力たっぷりの老舗ホテルだ。

先生と私は、こうした様々な効用を謳った風呂を幾つか梯子して寛いだ。ふと、湯船を移動する先生の後ろ姿を見て、脹脛《ふくらはぎ》や太腿の引き締まった筋肉に目が止まった。現役時代の写真に写る姿は細く見えたが、衣装の下の、バレエで鍛えられた脚の筋肉は隆々としていて、日頃の鍛錬を垣間見る思いがした。

風呂を出ても時間があったので、私は近くに何か面白いところはないかと思い、宿の浴衣を普段着に着替えて散策に出かけた。

駅舎を出た前方にはお土産屋が、道の右側にそば屋が1軒見えたが、それ以外には旅館やホテルらしき建物が見えない。すぐ先に下部川に架かる吊り橋が見えたので渡ろうとすると、オルゴールのような音色のメロディが微かに聞こえてきた。この橋は、メロディブリッジと名付けられていて、人が渡る度に「ふるさと」など何曲かの童謡が交互に流れるようだ。眼下を流れる下部川の渓流は、沈みゆく晩秋の赤みを帯びた日の光が波間に薄く色を引いて、たゆたうている。

メロディブリッジを渡ると右に駐車場があり、「湯の奥金山博物館」がすぐそこに見えた。近づいて入り口を覗いたが、入場者らしき人影はない。来館者を待つ女性が私を認めると、「いらっしゃいませ、どうぞ」と迎えてくれて、「戦国時代の武田氏を支えた甲斐金山遺跡のテーマパークですよ、是非ご覧になって下さい」と言った。

興味が湧いたので、入場券を買って立ち寄ってみることにした。入り口で入場券を渡して中に入ると、先ほどの女性が「映像シアター」に案内してくれて、大型スクリーンに黄金をテーマとした映像が映し出された。

立ち寄りはしなかったが、館内には砂金取り体験室が設けられていて、実際に水槽で砂金取りが体験でき、有料だが採取した砂金は持ち帰ることができるのだそうだ。家にいながらにして砂金取りができる「ビックリ砂金缶」なる物も売られているとのことだ。

渡されたパンフレットを手に、鉱山作業を紹介する臨場感たっぷりの等身大模型などを足早に見学してから外に出ると、入場したときとは別の女性職員が近づいてきて、「お茶をどうぞ」と勧めてくれた。入り口には、観光客数人の姿もあり、入館者が私だけでなかったことに、何故だか安堵した。

湯の奥金山博物館を後にして、川沿いを上流に向かって歩き、左手の下部川に架かる橋を渡り、駅から続く道に出て、熊野神社方面に向かって歩いた。駅前には宿らしき建物やお土産屋が少なくて「おかしいなぁ」と思っていたが、足を進めるにつれ道沿いに建物が多くなってきた。下部の温泉街は、駅から大分離れたこの辺りからが本来の中心地で、旅館の軒下を潜るかのような細い階段の先にある熊野神社の鳥居方面に向かって、昔懐かしい造りの温泉宿や土産物屋が軒を連ねていた。しかし、目立った飲み屋やスナックは見当たらない。

下部は、温泉と風光明媚な自然を堪能し、命の洗濯をするのに相応しいところだが、それだけに華やかな賑わいはなく、夜は静粛が支配し、川の瀬音が心を洗う。

紅葉の見頃を終えた初冬の下部は、自然相手のイベントがなりを潜めてしまい、寂しささえ感じさせる。今は、最も観光客が少なく、間もなく冬景色となるオフシーズンだ。

来た道をゆっくりと散策しながら歩き、宿に引き返した。

宿の部屋は、2人でも広すぎる。部屋に入る手前の廊下には大理石が敷かれていて、他の部屋と趣が違う。ドアを引いて入ると、広い玄関になっていて、左手には不要なほど大きく作りの良い下駄箱がどっしりと置かれ、その先に竹でできた格子状の仕切りがあしらわれている。

右手奥は引き戸で、そこが洗面所、室内風呂、トイレへの入り口だ。部屋には正面の引き戸を開けて入る。

「只今戻りました」

そう声をかけて入ると、先生はソファに腰掛けてテレビを観ていた。

「あら、帰ったの、何にも面白いのはなかったでしょう。私なんかもう何回も来ているから、出かけないでこうしているのよ。五十澤さん何時頃来るのかしら？　お腹が空いてきたけど、阿部さんは？」

先生は、甲府のバレエスクールに指導に来る度に下部まで足を延ばし、このホテルを利用している。やって来る度に、五十澤夫妻から観光地を案内してもらっていて、既に下部や身延山周辺は何度も見歩いているので、今日はどこにも出かけたくないようだ。

「そうですね、まだ5時を過ぎたばかりですけど、今日は朝が早かったし、お昼はお蕎麦だったから私もお腹がペコペコで、背中とお腹がくっついてしまいそうですよ」

「そうね、私はお昼抜きだったから、腹と背中がペッタンコ。五十澤さん、早く来ないかしらね」

「幾ら何でも、まだ早いですよ。食事は6時からでしょう。5時半になったら○点を観て、それから食事ですかね」

「あら、今日は日曜ですものね。私は毎週欠かさず観ているのよ」

先生はテレビがないと生きていけないテレビ依存症で、家にいる時テレビはいつもつけっぱなしのようだ。

「テレビをつけたまま眠ってしまうのは当たり前よ。お笑い番組も大好きだけど、あの番組が一番面白いのよね」

いつだったか、そんなことを言っていた。

「私もお笑いは好きです。みんな面白いけど、私は新潟生まれですから、越後生まれの〇平さんが好きでした。『いち、にい、さん、ぢゃらーん、〇平で〜す』と観客を巻き込んだ〇平さんならではの挨拶は、つい一緒にやってみたくなりましたよね」

それと、〇遊三さんは、自分の出身地の大月を、「フランスのパリだとか、近くを流れる、きっと桂川のことだと思うんですけど、セーヌ川だとか言って笑わせていますよね。〇平さんの後を継いだ、△平さんとの、埼玉の秩父と山梨の大月を田舎者扱いにしたやり取りも面白いですね」

「それでね、話は違うんだけどね、アフターミーでよくお見かけする落語家の〇好さんがいるでしょう。その〇好さんの奥さんが、私のバレエ公演でコントラバスを担当したことのある『えりちゃん』だと知ってビックリしたわよ」

「そうだったんですよね。私は、前から〇点が好きで、週末に新潟に帰っても観ているんですが、若手大喜利に出演していた〇好さんのキャラクターが好きでした。〇好さんの『ウォホッホ』と本当に楽しそうに笑う声も特徴的で、どこにいてもすぐに分かりますよね。だから、アフターミーで本物の〇好さんに会えて、ちょっと興奮しました。その〇好さんと一緒にいた女性が、驚いたような顔で先生に話かけていたので、一瞬先生の彼女かなと思いましたよ」

　からかうように、そう言ってみた。

「何を言っているの、そんなはずないでしょう。でもね、コントラバスを担当してくれたえりちゃんがアフターミーのお客だなんて、私も驚いたのよ」

　しばし、○点と落語で話に花が咲いた。

　テレビを観ているような、いないような時間を過ごしていると、フロントから電話があり、五十澤さんが着いて部屋に向かったという。

「あらぁ、意外と早かったわね。まだ○点が終わらないのにね。食事は○点が終わってからにしましょう」

　そう先生が言っているところに、

「今晩は、入りますよ」

　と言うが早く、五十澤夫人がおかっぱ頭で、薄グリーンのスーツを着て、下にフリル襟の薄いピンクのシャーリングブラウス姿で現れた。

　以前、くるみ割り人形の公演会場で、私の前の席に座る五十澤夫妻を見たことがあるが、その時ご主人が居眠りをしていたようで、隣に座る奥様が肘で突いていたのを思い出した。奥様は、私と同じ年だと後で知った。とても闊達で朗らかな人柄で、おかっぱ頭がよく似合う。

「あらぁ、○点ですね、食事はこれが終わってからにしましょう。私はちょっと先に行っていますからね」

そう言って、部屋をぐるりと見回し、座りもしないで、そそくさとまた出て行った。
○点が終わり、2階にある夕食の広間に下りて行くと、五十澤夫人が出迎えてくれた。
既にビールと熱燗の徳利が食卓に用意され、地元の食材を用いた料理が、テーブルをはみ出さんばかりに並べられていた。

先生はビールを、私は日本酒、五十澤夫人は車で来ているからとウーロン茶で乾杯。焼いたヤマメが美味い。どういうわけか、山梨県には海がないのに「海なし国の知恵」贅を尽くしたアワビの煮貝は山梨県の名物だそうだ。大変高級な一品で、私如き者にはなかなか口にできないが、今日の食卓には、五十澤夫人が特別に注文してくれたのか、他を圧倒する存在感で載っている。煮貝は物すごく噛みごたえのある食感で、弾力があり、味わいも個性的で美味しい。海がないだけに、海鮮物に拘りを持つのが山梨県民だそうだ。

突然五十澤夫人が、

「私ね、先生と阿部さんが1部屋でいいというものだから、すっかりあちらの方に趣味があると思い込んでいたのよ」

悪戯っぽい目で言うと、ケラケラと笑いだし、白い歯がこぼれた。

「何言っているのよ。そういえばこの間も、音楽教室の菜穂子ちゃんがそんなこと言ったから、怒ってやったのよ」

「でも、先生の言葉遣いが何となく女っぽいから、その道の人だと思われるんですかね。

書　名				
お買上 書　店	都道 府県	市区 郡	書店名	書店
			ご購入日	年　月　日

本書をどこでお知りになりましたか?

1.書店店頭　2.知人にすすめられて　3.インターネット(サイト名　　)

4.DMハガキ　5.広告、記事を見て(新聞、雑誌名　　)

上の質問に関連して、ご購入の決め手となったのは?

1.タイトル　2.著者　3.内容　4.カバーデザイン　5.帯

その他ご自由にお書きください。

(　　)

本書についてのご意見、ご感想をお聞かせください。

①内容について

②カバー、タイトル、帯について

弊社Webサイトからもご意見、ご感想をお寄せいただけます。

ご協力ありがとうございました。

※お寄せいただいたご意見、ご感想は新聞広告等で匿名にて使わせていただくことがあります。

※お客様の個人情報は、小社からの連絡のみに使用します。社外に提供することは一切ありません。

料金受取人払郵便

新宿局承認

7552

差出有効期間
2024年1月
31日まで
（切手不要）

郵便はがき

1 6 0-8 7 9 1

1 4 1

東京都新宿区新宿1－10－1

(株)文芸社

愛読者カード係 行

お名前《ふりがな》			明治 大正 昭和 平成 年生 歳		
ご住所《ふりがな》	□□□-□□□□				性別 男・女
お電話番号	（書籍ご注文の際に必要です）	ご職業			
E-mail					
ご購読雑誌（複数可）			ご購読新聞 新聞		

最近読んでおもしろかった本や今後、とりあげてほしいテーマをお教えください。

ご自分の研究成果や経験、お考え等を出版してみたいというお気持ちはありますか。

ある　ない　内容・テーマ（　　　　）

現在完成した作品をお持ちですか。

ある　ない　ジャンル・原稿量（　　　　）

部屋には真ん中にソファがあって、右と左に離れて、ベッドが2つあるでしょう。だから、1人ではもったいないですよ、ねぇ先生」

「そうよ、だから一緒でいいといったのよ」

菜穂子ちゃんに言われた時を思い出してか、先生の口調に少し棘が感じられた。

「あぁ、良かった、先生達が普通の人で」

今度は3人で声を上げて笑った。

「でもね、今の時代は、同性者同士が一緒に暮らしたり、結婚が認められる国も多くなって、そんなに珍しいことではなくなってきたわよね。私にはあまり理解できないことだけど」

先生は、同性婚には否定的なようだ。

かつて、一般社会の中にはバレエダンサーを偏見の目で見る人もいたが、先生は、あまり気にもせずにきた。

「先生や私の時代では、同性同士で恋愛して一緒に住み、ましてや結婚するなんて、世間は認めないし、考えられなかったことかもしれませんが、今は違います。自分の外見上の姿と心のあり様が違い、苦しんでいる人は昔からいたはずで、それを、ようやく声に出して言える時代になったんですから、理解できないまでも、性についての感じ方は人それぞれ、千差万別だと分かる必要があると思いますけど」

私にも、未だに同性愛や同性婚に多少の違和感はあるが、だからといって、そうした人達を否定するつもりはない。男性、女性という姿形と「自身の性意識」が同じでないと違和感を持つ人がいても、決して不思議ではないと思える。

「そうよね。自分の価値観だけが正しいと思わず、分かってやらなければね」

先生は、バレエ界で生きてきて、これまで自分を見る人の中に偏見を感じさせる目があったことを肌で感じていた。だから、時代の流れを掴む感覚は敏感で、柔軟な考えを持とうとしているようだ。

「ふたりとも、現代人ですね。私の旦那様は、どう思っているのでしょう。私は、理解しているつもりですけど。でも、もしも私の娘が女の人と結婚して、『一緒に暮らしたい』と言い出したら、素直に『おめでとう』と言えるかな。やっぱり理解できていないのでしょうかね。心許ないですね」

五十澤夫人が、複雑な気持ちを吐露した。すると先生が話題を変えて、

「甲府のクラスに通う真帆ちゃんだけど、踊りがとっても上手で、先が楽しみだわね。今はフランスで勉強しているのよね。いつ帰るの？」

先生が指導した真帆ちゃんは、月に何度か甲府を離れて東京の井上バレエスクールに通い、とても熱心にレッスンを欠かさない頑張り屋さんだった。だから、先生にとっても他人事と思えず、日本を離れて海外で学ぶ娘さんの様子を五十澤夫人に訊ねた。

「2年の約束で行きましたから、後1年と少しですね。成長して帰って来てくれたら良いのですけど、どうでしょうか……」

初めての海外ではないが、今回のように長い間1人で海外生活をしている娘を愛おしむかのようにそう言った。

「そうね、真帆ちゃんは天性の素質に恵まれているからきっと大丈夫よ。帰って来て、日本で活躍する真帆ちゃんの踊りを観たいわね。ところで、ご主人が来られなくて残念だけど、大分前にね、ご主人にクラシックカーに乗せてもらって、富士山にドライブしたことがあるのよ。あのクラシックカーはまだあるの？　ご主人のお気に入りの車なのよね」

「あぁ、あの車ですか。あれからもしばらく乗っていましたけど、故障が多かったのと、知り合いがどうしても欲しいというので、大分前に手放しました」

「そうなの。またいつか乗せてくれると言っていたのにね。私のためにご用意してくれていたお部屋はどうなっているの？」

「先生に泊まっていただいたお部屋ですけど、今は物置になっちゃいました。だって先生は、前にはよくいらっしゃいましたけど、近頃は全然ご無沙汰なんですもの。だけど、娘が大きくなって、先生の所を離れたばかりか、親元まで離れて海外生活だから、仕方ないですよね」

先生は、娘さんの成長とともに、五十澤家との関係が次第に薄らいできているようで、少し寂しさを感じているようだった。

「阿部さんは、先生とどこで知り合ったのですか？　やっぱりバレエ関係のお仕事をされているのですか？」

話題が自分達に偏りすぎたと思ったのか、気遣いで私に話題を振ってきた。

夫人は、バレエに詳しく、また実業家夫人でもあり、話題豊富な貴婦人だ。その上話し上手で、場を和やかにしてくれる。

「とんでもないです。私にはバレエがちっとも分かりません。行きつけの居酒屋で知り合った飲み友達ですよ。でも、最近は、バレエを観させてもらっているので、『くるみ割り人形』だけは、少し分かるような気がしているんですよ」

「友達ですか、阿部さんと先生は。大分お年が違うのでしょう」

「親子ほど違うんですけど、どうした訳か馬が合うんですよ。私の父は大正13年生まれですから、先生とは5歳も離れていません」

「そんな友達関係もあるのですね。世代を超えたお友達がいるなんて何だか羨ましいな」

「あのねぇ五十澤さん。話は違うんですけど、先生が山梨ブランドの財布とか小物入れを沢山持っている理由がやっと分かりましたよ。きっと先生が使っているバッグや財布は、五十澤さんからのプレゼントですよね」

私は、先生が持ち歩く小物に山梨ブランドの製品が多いのを思い出した。その内の幾つかをいただいて、私も持っている。妻がいただいたバッグは、私が見ても高級品だと分かった。

「あらぁ、阿部さんは山梨のブランド品をご存じなの。よく知っているわね」

「去年、田舎の仲間と女房連れで甲府方面を旅行したんですが、仲間の1人が『○伝』に詳しくて、皆を連れて行きたいというんで、本店に寄ったんですよ。色々な製品が陳列されていて、どれも欲しい物ばかり。私は二つ折りの財布を買いましたが、店の中を見て回っていると、先生が持っているものと同じようなセカンドバッグがあって、値段を見てビックリしました」

「そうねぇ、結構お高い製品も多いんですけど、長く使えば使うほど馴染んでくるというか、愛着が湧くので、結局はお得なのよね」

地元人であればこそ、五十澤さんは地元ブランドの製品をよく知っている。

するとと先生が、

「そうねぇ。そういえば五十澤さんから色々なものをいただいたわね」

と口を挟んだ。案の定、先生の持ち物の送り主は五十澤さんだった。

「先生、いただいた財布、今持っていますか?」

「何を言っているのよ。財布は金庫に入れるというから、阿部さんに渡したでしょう」

「あぁ、そうだった。実は、先生も私も、使っている財布が「〇伝」なんですよ。部屋に置いてきちゃっていますけど」

「良かったわ。先生が使ってくださって」

五十澤夫人が、嬉しそうに微笑んだ。人は誰でも、自分が贈った物を喜んで使ってくれていると知ったら、それは嬉しいものだ。

「それとですね、もうだいぶ前の話なんですが、村の仲間15人くらいで、やっぱり山梨に旅行に来て、どこかのワイナリーに立ち寄ったんです。そこに試飲コーナーがあったので、皆が小さなプラスチックのグラスでただのワインを飲んだんですけど、誰かが、乗って来て近くのパーキングに止めてあったバスの中から日本酒の空き瓶を持ち出してきて、その中に試飲用のワインを入れようとしたんです。流石に、酔っぱらいの悪ふざけを見た店の人が、他に試飲を楽しむお客の手前もあり、『お客様、ここで飲むのは良いのですが、お持ち帰りはご遠慮下さい』と言ってやめさせられたことがあったんですよ」

「何よ、阿部さん。そんなことをしなければならないほど、皆にお小遣いがなかったの？」

冗談に疎い、先生ならではの感想だ。

「先生、悪ふざけですよ。お店の人もそれが分かっていたから、笑い顔で止めていたんですよ。山梨は水晶も有名ですよね。この機会に自分の奥さんにプレゼントを買って日頃の罪滅ぼしをした人もいっぱいいいましたよ」

「阿部さんも、奥様に何か買ったのでしょう？」

私の顔を見て、夫人が、何だか悪戯っぽく言った。

「私は、品行方正で、だから、先生のような純粋培養の人とお付き合いができるんです。ですから、罪滅ぼしの必要がありません。お土産なしで帰りましたよ」

会食は、五十澤夫人の勧め上手もあって、私は徳利を5、6本も空け、先生は生ビールをジョッキで6杯空にした。バレエを踊るダンサーの消費エネルギーは尋常でないそうだが、現役を離れても先生はビールに強い。

そういえば、「くるみ割り人形」や多くの作品で主役を踊った清子ちゃんもお酒好きで強いと言っていたのを思い出した。全員が酒豪というわけではないが、身体を使う芸術だけに、お酒に強いダンサーが多いようだ。

過去の思い出話や雑談に花を咲かせ、和気あいあいの時間はあっという間に過ぎ、9時過ぎには宴席をお開きにした。下部温泉は闇夜となり、五十澤夫人は車で帰って行った。

先生は、大量のビールを飲んでも乱れないし、呂律もよく回る。時計は、まだ9時を回ったばかりだったので、部屋に戻ってからもソファに掛け、冷蔵庫にあった350㎖の缶ビールを、乾き物をつまみにして飲みながら、結構遅くまでテレビを観る余裕があったようだ。私はというと、そんな先生を横目に、部屋に戻るなり奥のベッドに倒れこみ、トイレにも起きず、朝まで死んだようになって眠った。酒好きの私だが、すぐに酔っぱらってしまうから、何ともだらしない酒飲みだ。

翌朝、目覚めて先生の顔を見ると、何だかいつもの覇気が感じられない。早くに目覚めたようで、ソファに横たわりNHKニュースを観るともなく観ていた。

年を重ねると、人は誰もが早起きになるという。

「先生も朝が早くなったのかな。先生、おはようございます。何だか冴えないようですが、昨夜はよく眠れましたか？　私は朝まで爆睡でしたよ」

「阿部さん、阿部さんはね、下に敷く敷布に真ん丸にくるまって、海苔巻きのようになって寝ていたのよ。それで、鼾《いびき》が雷のようにうるさくて、もう、眠れたもんじゃないわよ」

「それでそんなに冴えない顔でボーっとしているんですか。それはすみませんでした。私の鼾はそんなにうるさいですか？」

「うるさいを超えて、騒音よ。それで、時々呼吸が止まったようになって、死んでしまうのではないかと思うと、また大きな息をして唸るような鼾をかくものだから、寝られたものじゃないわよ。よく奥さんは平気で一緒に寝るわね」

　鼾がうるさいのは私自身が一番自覚していて、いつもなら、相部屋で宿泊する人の迷惑にならないように気遣うのだが、今回は部屋の広さと深酒が気を緩め、そんな気遣いはどこかに飛んでしまった。どこまで堪えたのか、言葉は厳しいが、本気で怒ってはいない。でも、浮かない表情から察して、昨夜はあまり眠っていないように思えた。

「先生、家の奥さんは、私の鼾が聞こえないとかえって心配で眠れないようですよ。まだまだ修行が足りませんね」

「何を言っているのよ。風呂にでも行って来たら。その間に私は少しだけでも眠るから」

　先生にそう言われると、何だか少し申し訳ない気がしてきて、

「ハイ、ハイ、それじゃゆっくり朝風呂を浴びてきますから。食事の時間までよく休んで下さい」

　私は、そう言いながら心で詫びて、昨日使って洗面所の物干しにつるしておいたタオルを肩にかけ部屋を出た。山間のホテルは、周囲に生い茂る松の木々の合間に植えられた、落葉樹の赤や黄色の葉が、季節の深まりにつれ茶色にくすみ、その葉が落ちてまばらにな

った樹の枝々に冷気を漂わせ、静かに佇んでいる。季節はずれのホテルに客は少なく、朝が早いせいもあって売店はまだ開いていない。

男湯の暖簾を潜って風呂の脱衣場に入った。幾層にも配置され、様々な効用を謳う浴槽に、朝風呂好きのシルエットも少ない。最初は、室内の広い浴槽にゆっくりと、昨日の酒が抜けきらない身体を沈めた。微かに硫黄の匂いがする。よく見ると、浴槽に白いものが幾つも浮かんでいる。「湯花」だ。湯船や温泉の流路に浮く硫黄の不溶性成分のことだが、「湯花」とは言い得て妙、硫黄のカスも花と咲く。

身体が温まってきたので、湯船を梯子しようと思いドアを開けて露天風呂に出た。「寒い！」――たまらず出てすぐ右の岩風呂に入ろうと足を入れた。すると今度は「冷たい！」――何と、そこは水風呂だった。慌てて足を上げ、すぐ前の左側にある湯船に急いだ。温かい岩風呂に浸かり周りを見渡すと、

「虫さんも下部の温泉が大好きです。長湯の虫さんを見つけたら、そっと出してやって下さい」

そう木の板に書かれた文字が目に留まった。虫を掬うための青い網も傍らに置かれていた。急いで浸かった湯船の手前左側には、直径1mくらいの五右衛門風呂のような丸い湯船が2つ並んで置かれ、右側にも木の湯船がある。それぞれの効用を謳う湯船を梯子して贅沢に朝風呂を堪能した。

部屋に戻ってそっとドアを開けると、先生は、軽く鼾をかいて眠っていた。窓の外を覗

くと、昨日行った湯之奥金山博物館とメロディブリッジが見え、薄鼠の霧で覆われ水墨画のように浮かぶ山並みが眼前に迫っている。

私は、山に囲まれた新潟の盆地で生まれ、身近に山を感じて育ったが、ここの山里とは趣が違う。一言で言うと、平地が狭い。高く聳える山々に挟まれた狭隘の地形は厳しく、自然との共生を一層強く感じさせる。

脈絡もなく、ふと、雪は降り積もるのだろうかと思った。

＊「ベイ駒」にて

六本木ヒルズに近い静かな道の通りに、若き日の先生が頻繁に通っていた「ベイ駒」というお店がある。この店は多くの有名人が羽を休める店で、古くは石○裕次郎夫妻や倍○千恵子をはじめとする超大物の芸能・芸術関係者で賑わい、今でも有名人の隠れ家的役割を担っているという。先生が言うには、ベイ駒の当時のマスターは、バレエ界の貴公子と呼ばれた美男子で、先生とは縁深く、バレエ界の次代を担う好敵手として研鑽し合った間柄だったようだ。

そんなダンサー時代のマスターの美貌に惚れて、まるでストーカーのように追いかけて注意を惹き、ついにお嫁さんの座を掴んだママが、その貴公子が現役を離れるのを待って夫婦で始めたのがベイ駒だという。

ベイ駒には、私も一度だけ先生に連れて行ってもらったことがある。決して豪華さを感じさせるような店の作りではないが、ゆっくりと寛げる感じの落ち着いた店だ。今では、先生が通い詰めた時のマスターもママも既に亡いが、その後を継いだ娘さんが先生を覚えていて、

「あらぁ、先生お久しぶり、お元気でしたか。ちっともお年を取りませんね」

旧知の人との再会を喜び、両手を広げて迎えていた。店には、若き日の石○裕次郎の写真が飾られていて、先生に連れられて行った日も多くのお客で賑わっていたが、私でも知っているような有名人の姿はなかった。マスターもママも健在で、先生も現役だった頃のことを、先生と娘さんはとても懐かしそうに話していたが、

「あのね、先生は来店する度に1人でビールの大瓶を平気で6本は空けていたのよ。時にはもっと多く空けることもあったけど全然乱れないの。お酒が強かったのよ」

娘さんが当時のエピソードを交えながら、私に話してくれた。時折、往年のスターの名前が出てきたりして、先生の現役時代に多少触れることができた。

お店の地下室にはカラオケルームがあるというので、帰りがけに見せてもらった。

「普段はここに人を入れることはないのよ」

と、娘さんが言った。高価そうな設備が設われているとてもしゃれた造りのルームで、前もって予約しておくと、数人でカラオケが楽しめるそうだ。こんなカラオケルームで、石○裕次郎のような往年の大スターと一緒にカラオケを歌えたら、どんなに幸せなことだろう。あり得ない妄想が頭を過った。

「清和」での日々

＊２０００円ぽっきりの日

その日は、２０００円ポッキリで飲食ができる、月1度の清和のサービスデーで、この日だけは大繁盛だ。たった２０００円で飲み放題、食い放題とあって、開店と同時に、普段はあまり来ないお客で、席は隙間なく埋まり、閉店まで満席が続く。

マスターは、朝早く知人の車を借りて食材の調達に出かける。店にはアルバイトが2人いるが、当然2人とも出勤して手伝い、焼き鳥の串刺し、ピーマンの肉詰め、枝豆、じゃがいもとトウモロコシのボイル、煮魚などを大量に準備する。

刺身や焼き魚は、冷蔵庫とカウンター奥の氷を敷き詰めた蓋のないボックスの上に置いて、お客が品定めをして注文すると、それから切ったり焼いたりして、カウンターのお客には、マスターが「炉端焼しゃもじ」の上に載せて「へい、お待ちどう」と差し出す。

ボックス席は、4人掛けが4つあるが、こちらはアルバイトが対応する。しかし、料理人はマスター1人だけだから、店を午後6時に開けてから、閉店の午後10時過ぎまで、マスターは座る時間も一服の時間も取れない。

立ちっぱなしで、早朝の仕入れから始めて閉店まで、とんでもなくよく働くから、この日だけは「偉いなぁ」と感心する。

先生は、この日が嫌いだ。混み合っていて、午後8時を過ぎて店に来ても、いつもの指定席がないばかりか、場合によっては座る席もなく、料理も良いものは残っていないからだ。最悪は、ビールの空箱の上に段ボールと薄い座布団を敷いて、普段はお客が座らない狭い場所で、肩身の狭い思いをしながらビールを飲み、どこか席が空くのを待つことになる。それでも清和に通うのだから、他に行く所がないか、よほど気に入ってのことだろう。そういう私も懲りずに通う。

「マスター、2000円の日はやめましょうよ、私はちっとも嬉しくないわ」

すごく、ごもっともな感想だ。この日しか顔を出さないお客がほとんどで、この時とばかりに、高価そうな物から順に、満腹を通り越して食べる輩ばかりだ。赤字覚悟でよくやるものだと思う常連客は多い。先生や他の常連客は、その日であっても注文の品に変わりはないのだから、迷惑千万である。

「いつも来ている常連のお客が入り難くなるようなイベントは、迷惑だわ」

遠慮とは縁遠い先生が、マスターにハッキリと言った。

＊常連客

格安日が、お客を増やすためのイベントだと分かっていても、つい嫌味の1つも言ってみたくなる。だが、言ってみるだけで何も変わらないから、普通の日に戻ると常連客はホッとするのだ。

常連客の中に、年に何度か弟子達を伴ってパーティーを開く剣道の師範がいる。師範は、鬚を長く蓄え、そばにいたら耳が痛くなるような大声で怒鳴るように話す。

その日は、総勢10数人で店を占領していた。弟子達は師範があらかじめ注文をしておいた料理を、マスターがカウンター向こうの厨房で次々に捌くのを交代で取りに行ってはテーブルに並べる。

「こらぁ！　そんな置き方があるか。もっとキチンと並べて置くんだ！」

師範がダミ声で怒鳴る。

「ハイ、すみません」

弟子達も大声で謝るが、恐れてはいないようだ。

言葉は「コンテナ」だと言うが、この光景を見ると頷ける。コンテナの中は、荷を入れるまでは空っぽだ。そこに何かの荷を入れて、荷受人に届ける役割を担い、コンテナその物を届けるのではない。言葉も同様で、空の「言葉のコンテナ」に伝える人の気持ちや愛情、内に秘めた思い、仕事であれば、情報や自分の考えなどが詰まっていれば、受け手はその中身を聞いて理解する。だから、伝える側がその言葉のコンテナに、何を積んで相手に届けようとするのかが大切だ。それがあれば、たとえ大きい声でも、ダミ声でも、顔が怖そうでも、弟子達は師範の言葉のコンテナの中身を聞いて、快く受け止めてくれる。

師範は、昭和の任侠映画のヒット作「座頭市」の○新太郎によく似ていて、いつもパイプを銜え、ぷかぷかと煙をくゆらせながらひとりでしゃべっているが、弟子達は適当に頷きながら、まるで欠食児童のように、目の前の料理を平らげていく。本人に聞こえているのか、いないのか、突然、固有名詞で、「おい、佐々木!」などと呼ぶ声が聞こえてくる。名指しされた本人にはちゃんと聞こえているようで、キチンと背筋を伸ばして師範に顔を向ける。

「お前、今日は冴えていたな。その調子で稽古に励めばもっと強くなれるぞ!」

まるで、怒っているような荒い声で師範に褒められた弟子は、「オッス!」と嬉しそうに言って頭を下げる。若者のきびきびした動きを見ていると、清々しい気持ちになる。入り口のテーブルを占拠している先生と私だが、師範は最近我々に、

「あぁ、どうも」

と簡単な声をかけて店に入るようになった。見てくれの割にシャイなのかもしれない。話してみると温和な人柄が伝わる。時々奥様と2人のこともあるが、奥様に話す時は、不思議なほど声が小さいし、言葉遣いも丁寧だ。どうも恐妻家のようである。

今日は、大工の棟梁が奥さんと店に顔を出した。とても仲良しの夫婦で、どこに行くにも、何をするにも一緒。今日も2人で他の店で飲み、2軒目の梯子酒で清和に立ち寄ったようだ。棟梁は、仕事柄かちょっとやくざっぽい感じがする。生まれが九州のどこかだそうで、無法松のような荒っぽさを風体で表しているが、決して荒っぽいわけではない。棟梁は、魔王ちゃんが苦手、というより嫌いのようだ。入り口の引き戸の上のガラス窓から

中を覗き、魔王ちゃんがいることが分かると、どこかに行ってしまう。いなくとも、後から魔王ちゃんが入って来ると、

「マスター、勘定して」

奥さんを促して席を立ち、そそくさと支払いを済ませて店を出て行ってしまう。そんなことがしばらく続くと、魔王ちゃんも棟梁が嫌いになったのか、今度は、棟梁が店にいるのが分かると魔王ちゃんが入ってこない。

たまに、魔王ちゃんがいることに気付かず棟梁が入って来ると、魔王ちゃんはできるだけ棟梁と離れた場所に席を移すから、これを見ている先生は、

「ほら、棟梁が来たから、魔王ちゃんが動くわよ」

やんちゃ坊主が見せるような薄笑いを浮かべ、興味津々の顔を私に向けながら、魔王ちゃんの動きを観察する。

その日は、テレビのドラマや映画でホテルマン役などを演じていた男優が店にやってきた。前はちょくちょく来ていたが、ドラマの役が決まってからは忙しくなって、なかなか顔を出せないという。そういう世界に縁も所縁《ゆかり》もない私だが、興味はある。いつのことだか忘れたが、その大柄な男優が、前からよくテレビドラマで見かける、誰でも知っているような大物女優と結婚した。確か結婚前だと思ったが、一度その女優を店に連れてきたことがあった。

「掃き溜めに鶴」とはまさにこの事だ。こんな汚い店の、座ったらギシギシと軋むような

椅子で、そこに載せた汚れた座布団の上に、あのような美しく、何とも清楚で清潔な服装の女性が座っても良いのか。

そう思う間もなく、女優はもう座っている。マスターは、涎《よだれ》を垂らさんばかりの愛想笑顔で、その女優と何やら言葉を交わしている。羨ましいが、私には話しかける度胸はないので、いつもの入り口に近い指定席からただ見惚れている。

しかし、目の前の先生はこうしたことに一切関心を示さず、好きなビールを口に運ぶ。

「ねぇ、先生。今、後ろの席のお客さんが話していた有名人って、水戸黄門に出ていた人のことですよね」

たまたま私の後ろの2人は、男優が所属する映画関係者のようで、ドラマの話をしていたのが小耳に入り、私が興味津々で話しかけても先生の耳は馬の耳、「馬耳東風」だ。

「あらそうなの。水戸黄門はよく観るけど、黄門様と助さん、格さんくらいしか知らないわ」

そっけなく言うと、右手を小さくしなやかに高く上げ頭の前方で止めて、左手は軽く肘を折りお腹の辺りに下ろした。そして、すぐに両手を元に戻し、今度は両腕で卵の形をつくるようにして頭の上に高く上げる。先生が自分の世界に浸る時によく見せるポーズだが、それがバレエでいうところの腕のポジション、アンオー、アンナバンだと知ったのは、バレエを鑑賞させてもらうようになってからだ。

「先生、バレリーナをたまには店に連れてきて下さいよ。あんなにスタイルの良いバレリーナと一緒にお酒が飲めたらいいなぁ」

私が、店で酔いが回るのに託《かこつ》けてそうせがむと、

「何を言っているの、どうせ阿部さんにはバレエのことなんか分からないくせに。でもね、バレエを踊る女の子は、お酒が強いのよ」

挑発するようなニタリ顔で言うので、脈ありとみた私が、

「清子ちゃんも強いと言っていましたよね。だから、今度、清子ちゃんを連れてきて下さいよ。お願いします」

私は、プリマドンナで踊る「清子ちゃん」の大ファンだから、一度は飲んでみたいと思うものの、清和に連れてきて欲しいとは、酒が十分に入っていなければ、なかなか言い出せない。

「また、今度ね」

全く気乗りがしないような表情でつまみに箸をつけながら、先生は面倒くさそうに言った。

先生は、バレエのことをあまり話したがらない。どうせ他人には分からない別世界だし、それよりも何よりも、自分にとっての仕事を、興味や好奇心が透けるつまらない質問攻めにされるのがたまらないのだ。プライベートの飲食などでは誰もがそうであるように、仕事を持ち出したくない。教え子にプライベートな部分を見せたくないし、見られたくもない。バレエを振付けし、芸術監督を務める先生の立場上、先生は、

「どんな交友を持ち、どこでどんな食事をし、どんな風に生活をしているのだろう？」

ダンサーや周りの関係者にそう思わせるだけの距離感をもって接し、素顔はベールの下にそっと隠しておかなければならない。プライベートまでも皆と絡んだら、カリスマ性が失せてしまい、緊張感を欠くことになり、舞台の踊りに張りがなくなり芸術性が萎えるのだ。だから仕事を離れるといつも、1人で落ち着ける店で大好きなビールを飲んで、自ら労を癒し自愛する。

＊嬉しい誘い

そんな先生が、ある日突然、思いもよらぬ誘いの言葉をかけてくれた。

「ねぇ、阿部さん。阿部さんも今度バレエを観に来るぅ？」

本気で言ってくれているのだろうか？　と訝りながらも、

「もちろん、行っても良いんでしたら、是非とも先生のバレエを観させて下さい」

「そう、それなら年末の『くるみ割り人形』が丁度いいわね。奥さんも来られるでしょう。たまには東京に呼んであげなさい。允子さん達や雅充さん夫婦も呼んだらどう？　晶太さんも東京にいるのなら呼んであげれば」

「そうですね。妻も皆も大喜びすると思います。それに12月は妻の誕生日月ですから、そのお祝いに長男夫婦も呼んでみます。嬉しいなぁ。先生のバレエを観られるなんて」

「チケットは、大丈夫よ。皆さんを私がご招待するから。早めに皆さんに連絡して、人数が決まったら言ってね」

　多少眉唾でいたが、先生の具体的な誘いの言葉を耳にして、これは本当だと思えた。

　妻や子供達の予定など聞くまでもない。皆が喜んで来ること間違いない。

「もちろん、人数が分かり次第お知らせしますが、大人数になると思いますから、幾ら何でもチケットは自分で購入します。呼んでいただくだけで光栄ですし、日頃の妻への罪滅ぼしができ、とても嬉しいです」

「何を言っているの。私が誘って来てもらうのだから、自分で買ったらダメよ。当日は受付の人に分かるようにしておくから、招待者の受付の所で『阿部です』と言って、チケットを受け取って入るのよ。パンフレットなども渡してくれると思うわ」

　私には、先生のバレエを鑑賞させてやりたい会社の従業員や仲間達がいるが、皆を誘ったらかなり大人数になってしまう。今回は、身内だけを呼ぼうと思った。

　これまで、先生には随分親しくお付き合いをしてもらってきたが、バレエの話をあまりしたがらず、私も、自分が分からない世界のことをあれやこれやと詮索することを遠慮していて「バレエを鑑賞したい」とは言えずに来た。だから、いきなり先生から「今度バレエを観に来たら」と誘われ、戸惑いの中にも嬉しさが、お腹の底からこみ上がってきた。

　これまで付き合いを重ねて来た中で、先生が、私の存在を自分の家族のように認めてくれたようで、素直に嬉しいと思った。

＊「清和」が閉店

長年懇意にし、先生と私の夕食の場となっていた清和だが、ある日の晩、いつもの時間に店の前まで行くと、先生と他に2人の常連客が店の前に立っていた。

「何で外にいるのだろう？」

と、訝りながら近づくと、【閉店しました】――入り口の引き戸に、ミミズが這ったような文字の張り紙があった。

「えぇ！　どうしたのですか？！」

私は思わず大きな声を出してしまった。

「私達も今来て、張り紙を見てビックリしたのよ」

そう先生が言うと、他の2人も同時に頷いた。

「昨日の夜まで普通だったのにね。何があったのかしら？　マスターが交通事故に遇ったか、急病でないといいんだけど」

先生が心配そうな声で皆に話しかける。

「ここに立っているのも変ですから、隣の店に入って待ちませんか」

私は、皆さんを誘って、アフターミーに入ることにした。

清和のマスターは雇われマスターで、店の一切を任されていたが、売り上げはオーナーに渡し、自分は給料を受け取る身だと聞いたことがあった。そういえば、最近になってアルバイトが1人減り、もう1人いるアルバイトも出勤する日が毎日ではなくなり、勤務時

間も短くなっていた。それで、いつだったか、アルバイトの川西君に、

「近頃出勤が少ないようだけど、学校が忙しいの？」

と聞いたところ、私の耳元で、

「何だか、オーナーに何かがあって、マスターは給料を減らされているみたいで、俺達は、要らなくなるんじゃないかなぁ」

と、囁くように言った。その時は、川西君の話をあまり気にしていなかったが、今思い出すと、深刻な訴えだったのだ。

私は、サーバで冷えたお代わりの生ビールを飲みながら、そのことを皆さんに話した。するると唐突に先生が、

「そういえば、阿部さん。允子さんからいただいた私のグラスはどうなるかしら？　気に入っていたから取り返したいの」

「いくら何でも、店を畳むのなら、そのうちにマスターが顔を出すと思うから、その時もらいましょう」

マスターが、このまま消えてしまうとも思えない。

「そういえば、宝くじを共同で買うからと言って集めたお金はどうなるのかしらね。マスターがくすねてしまうのかしら。私は３０００円よ。阿部さんだって３０００円でしょう」

「えぇ、お２人もそうですか。私は５０００円出資していたんですよ」

一緒にいた竹中さんがそう言ったが、私や先生より出資額が多い。

「夜逃げ同然だから、お金は返ってこないでしょう。私は２０００円で少ないから、まぁ仕方ないと諦めて、餞別ということで割り切ろうかな」

もうひとりの檜山さんが諦め顔で言った。

毎日のように通っていた、晩酌と夕食の店が、いきなりなくなった。罪深い人だと、一度はマスターを憎んだが、それは違うことに気付いた。憎むべきはオーナーで、マスターが一番の犠牲者だしバイトも可哀そうだ
明日からどうしようと一瞬思ったが、何だ、この店があるじゃないか。最近、清和で飲んだ後この店にちょくちょく顔を出すようになっていたので、困ることはない。大分前から清和のマスターは、お客が先生と私だけになると入り口の暖簾をそそくさと下げて店の中にしまい、板前着を店の奥で着替えると、自分のお腹を満たしてくれる隣の焼肉屋か、この階段下のアフターミーに、無理やり先生を誘ってビールと食事の催促をするのだ。

「先生、行くぞ」

普段着に着替えたマスターが、命令調に先生を促す。

文句も言わず先生は、

「あらぁ、もう店を閉めちゃうの、ちょっと早すぎなぁい。仕方がないわね。だめよ、いっぱい食べちゃ」

などと言いながら、私も誘ってもらいお供した。

食事処の変更

＊ダイニングバー（アフターミー）

アフターミーは清和のような飲み屋ではなく、昼はランチ、夜はお酒が飲めるお店だ。入り口を入ると、右手にレトロ調の電話ボックスがあり、そしてまず目に留まるのが、正面にある、まるでお寺で見かけるような、戦時下なら国に召上げられるような大きくて立派な鐘だ。旧家で梁に使っていたと思われる太く黒ずんだ丸太に吊り下げられている。その鐘の手前がレジで、レジと電話ボックスの間を右奥に向かって、5、6人が座れるカウンター席があり、一番奥がトイレになっている。

カウンター席の前には、人がやっと通れる通路を挟んで、電話ボックスを背にする格好で2人が向き合える程度の小さなテーブル席がある。入り口左側は、右奥に向かってテーブル席になっていて、通常は4テーブルだが、パーティーなどの時は、全てのテーブルをつければ16人くらい座れる。テーブルの向かい側の椅子は、ベンチのように端から端まで繋がっていて、テーブルの手前側に1人掛けの椅子を各テーブルに2脚ずつ置くことで席を分けている。

ベンチ椅子の後ろの、頭の高さの奥行には、どこから集めて来たのか、昔ながらのレト口調の掛け時計が大小合わせ10個以上置いてあるが、どれ1つとして時を打っていないが、落ち着いた雰囲気を演出している。階段下の天井は当然斜めになっていて、その壁には、弥生時代のような服装をした人物画が描かれ、明かりは、天井にはめ込まれた障子状のすりガラスを通して柔らかく灯る。更に、釣り鐘状に下がる透明なガラスが四隅にはめられた照明器がテーブルの上を白色に照らしている。

この店のマスターは、愛知県半田市出身の無口だが手元にある食材を生かした和洋中華など何でも作れる料理人で、お酒が入ると少し饒舌になって、つまらないダジャレを言ってはママに叱られている。そのママだが、越後生まれの別嬪さんだ。若い時の写真を見せてもらったが女優さんのようで、このママを見初めてお嫁さんにしたマスターの見事な成果は、金メダル以上の価値がある。ママも、この朴訥なマスターを放っておけない、言わば、母性本能がそうさせたのだろうと思うが、人が人に惹かれるのに理屈はいらない。

ママにも男の人を見る才能があったからこそ、ふたり仲良く寄り添い、毎日、口喧嘩をしながら店を切り盛りして、今日までやって来られたのだと思う。時々先生が、

「ねぇ、ママ、清和のマスターを見かけることはないの？　ビールのジョッキだけでも返してもらいたいんだけどね」

と未練がましく言う。

「そう、そういえばこの間、銀行の前をフラフラ歩いていたわよ」

「えっ、本当なの。何か話をしなかったの？」

予想に反して、清和のマスターを見かけたというママに、少し詰問調になって言った。

「それどころじゃないわよ。下を向いて何だか暗い顔をしてわき目もふらず歩いていたから声をかけにくくて、何も言えなかったわよ」

清和のマスターのふさいだ様子を話すママだが、何だか同情的だ。

「そうねぇ、もう勘弁してやりましょう。でも、どこかで働いているのかしら？　何とか食べられているのならいいんだけど。今度見かけたら聞いてみてね」

結局、ジョッキも宝くじ代も諦めることにして、いつもの雑談に話題を変えた。

アフターミーは、常連客が大半で、店に入るといつも決まってカウンター席の一番奥のトイレに近い席に笹塚さんがいる。ほぼ毎日通う笹塚さんが、パイプではなく、煙管を銜え薄灰色の煙を吐きながら、椅子の背もたれに寄りかかって、お客の値踏みをするかのように入り口付近をぼんやりと眺め、水割りのグラスを時々口に運んでいる。椅子には、反り返るほど深く掛けているので、座るというより横たわる感じだ。最初の頃は、風変わりな人のように思えて口を利くことも少なかったが、次第に打ち解け、

「あらぁ、笹塚さん、今日も牢名主のお務めご苦労様です」

などと、軽口をたたくまでに距離を縮めていた。

「牢名主とは上手いことを言いますね、阿部さん。阿部さんは新潟の人でしょう？」

「そうですよ。南恵雪市です」

「あぁ、日本一美味しいお米の産地だ。コシヒカリは美味しいと評判だよね。阿部さんは

米を作っていないの？　他人が美味しいと言うのを聞くと、食べてみたくなるんだ」

「私は、今の仕事場が東京なので米を作ることができません。だから、田んぼは隣の友達に作ってもらっていますよ。私が言うのもなんですが、プロの農家が作る米は、本当に美味しいですよ」

「そぉ、だったら、今度送ってちょうだい、代金は払うから」

本当に欲しいのか、お調子で言っているのか分からないが、

「送りますけど、代金は結構です。ここで会ったのも何かの縁ですから、是非とも食べてみて下さい」

ママからメモ用紙をもらって笹塚さんに渡し、住所を書いてもらった。

しばらくして、新潟に帰った折、私は笹塚さんに米を送った。

数日で東京に戻り、夕方7時過ぎにアフターミーに顔を出すと、既に笹塚さんはいつもの席で、入り口の方に目を向けながら煙管を銜えていた。

「今晩は」と挨拶をすると、

「あらぁ、阿部ちゃん、いらっしゃい」

いつものように、ママが迎えてくれた。

奥の席から笹塚さんが私を確認し、隣のカウンター席に手招きした。

「阿部さん、本当に送ってくれたんだね。ありがとう。たまたまブラジルに住む妹が帰ってきていたので食べさせたら、とても美味いと喜んでいたよ。幾ら払えばいいの？」

「何かのご縁で送ったのですから、代金は不要です」

「そう、分かった。それじゃ、私のボトルを遠慮なく空けて」

「それじゃ、お言葉に甘えて、1杯だけいただきます」

私がそう言うが早く、濃い目の水割りを作って渡してくれたが、その時、笹塚さんの手先が少し震えているようで気になった。

笹塚さんは、海外での生活が長く、英語、トルコ語、フランス語を自在に操る大手商社に勤務する国際派ビジネスマンだった。

数年前にその大手商社を早期退職して、今は演劇の役者に打ち込んでいるという。役どころを聞いてみたら、今出演しているお芝居では、キリスト役を演じていると言った。なるほど、笹塚さんの痩身で背も高いスマートな体形と、頬のこけた顔に長い髭を蓄えた姿は、まさにキリストその人ではないか。ぴったりはまった役柄だが、キリスト役のリピートオーダーはそう期待できず、「役者で食べていくのは難しい」と言っていた。しかし、好きなことをやり、楽しんで生きているようで、何か嫉妬のような羨ましさを感じた。

アフターミーは、今まで通っていた清和とは客層が違い、30年以上通う常連客もいて、既に老齢を迎えた方々も多い。比較して大酒は飲まないが、毎日のように現れて、顔見知りと会話を楽しむ感じのお客が中心だ。

先生は、果物と紅茶が大好きだ。座った席からショーケースの中の果物を見つけると、

「あの果物、いつ食べるの？　誰が持ってきたの？　ママ、何か甘いものはないの？」

などと口やかましい。

常連客の中で一番の年配者が先生なのだが、それが分かっていながら、

「ねぇ、阿部さん。会長さんはいくつくらいに見える？」

毎日のように杖をついて現れる、会社の会長さんの年齢を言わせるのだ。

「そうですね。先生よりかなり年上じゃないですか」

「あのね。私より10歳も若いんだって」

「えぇ、そうなんですか。先生より若いなんて、信じられない」

先生に忖度して、期待しているであろう言葉で答えると、勝ち誇ったような顔をして、アラブ人のような大きな鼻の穴をより大きく膨らませて、嬉しさを隠さない。

＊爺3（Gスリー）

アフターミーのお客の中で、80歳を超えているのは先生だけだが、次いで会長さんと松下さんが70歳後半でその後を追う。この3人を称して、先生が面白い呼び名を考えた。

「爺《じい》3」がそれだ。G1が年頭《トシガシラ》の先生で、G2が会長、そして松下さんがG3だそうだが、先生にしてはよく考えた呼び名で、本人は悦に入っている。

私と付き合うようになり、バレエの世界をちょっとだけはみ出すことができて、世間の営みが少しは分かってきたようだ。

自分がG1だと言いながら、本当は一番若いG3に見えると思っている。

「ほら、また始まったわよ、先生の思い込みが。自分が一番若いと思われていると思っているなんて、いい気なものだわ」

ママの言葉は辛らつだが、先生も、

「だって、皆がそうだと言うんだもの」

と退かない。先生は、3人の中で自分が一番若いと思われていると思い込んでいて、大抵の人が先生を年齢相応のお爺さんだと思っていることを知らない。全く能天気な幸せ者だから、長生きは間違いない。

いつもが、このようなどうでもいい話の繰り返しだが、先生は飽きもせず、毎日昼と夕方の2回顔を出し、居合わせた馴染みのお客と生産性のない会話を楽しみながら食事をする格好の台所として重宝している。

「ママ、帰るわよ。お会計をして」

いつもより1時間も早く帰ろうとする先生にママが、

「あら、今日は早いのね。もう帰るの？」

「明日ね、四国の高松まで教えに行くの。5日ほど帰らないからね」

「あら、そうなの、寂しいわね。それでは、気を付けて行ってらっしゃい」

と笑顔で言った。

実は、先生が高松で指導するバレエスクールの公演があり、明日から東京を空けることを私は前から知っていた。

1か月ほど前、

「えぇ、先生も高松に行かれるんですか。それで、いつ頃行くんですか？」

私も仕事で、高松の専門学校に行くことが決まっていたので聞いてみた。

「来月の8日と9日の土・日が公演だから、木曜日に行って、火曜日に帰るのよ」

「そうですか。私も仕事で日曜日の午後に高松に行き、水曜日に帰る予定なので、日曜日から火曜日まで同じ場所にいるんですね」

偶然が面白くて、然したる意味もなく言ってみた。すると、

「あらぁ、そうなの。阿部さんはどこに泊まるの？　私は香川県立ミュージアムに近いホテルだけど」

「そうですか、そこは駅に近い所ですか？　私は高松駅近くのホテルを予約しています」

「そうよ。それでね、駅の近くに美味しいおでん屋さんがあるの。私は高松に行く度にそこに顔を出すのよ。日曜日の夜は何方《どなた》かと一緒なの？　よかったらそのおでん屋に行かない？」

思わぬ方向に話が向かい、日曜日は前泊するだけで人に会う予定もないので、先生と一緒に出張先でおでんを食べ酒を飲むのも悪くない。高松には何度か行って名物のうどんはよく食べたが、おでんは初めてだ。

「私は月曜日から仕事なので、日曜日は前泊するだけで時間はいくらでもあります」

「あらぁ、それなら、高松に着いたら電話をちょうだい。夕方6時には着けるんでしょ

う？　歩いてでも行けるところだから、私のホテルまで来てくれる？　一緒に向かいましょう」

何と、高松でも一緒に夕食をすることになった。当日、待ち合わせておでん屋に行くと、先生とあまり年の違わないご主人が懐かしそうに私達を迎えて、代金以上のサービスでもてなしてくれた。その席で、

「あのね、阿部さん。教えているバレエスクールの松本さんに、阿部さんが来ておでん屋で一杯飲むのよと話したの。そしたら、月曜日に時間があるようなら私の家に阿部さんも一緒にお連れして、夕食をご一緒しませんかと言うのよ。時間は取れるの？」

今度は、バレエの先生のご自宅に招待してくれると言う。

「今回は誰とも会食の予定はありませんので暇ですが、でも、私は遠慮した方がよいのではないですか？」

流石に、知らない家にいきなりお邪魔するのは不躾だと思いそう言った。

「大丈夫よ。松本さんとは前に清和でお会いしたでしょう？」

「えぇ、あの時ご一緒した女性の方が松本さんですか？」

「そうよ、だから遠慮しなくていいの。松本さんと阿部さんは知り合いなんだから」

月曜日、仕事を終えた私はホテルに戻り、荷物を部屋に置いてから先生のいるホテルに向かった。フロントで連絡をしてもらうと、すぐにロビーに下りて来た。

「迎えに来ました。結局、私までがお邪魔することになりますが、良い機会だと思ってつ

いて行きます」

「そうね、せっかくだから、楽しんできましょう」

タクシーで松本家に着くと、松本さんの他に3人のご家族が玄関に揃い、笑顔で我々を迎えてくれた。

既に、リビングのテーブルには所狭しと料理や飲み物が並べられていて、初めてお邪魔したにもかかわらず、歓迎してくれる気遣いが感じられた。大学で哲学の教鞭を執るご長男と、イタリアにバレエ留学をし、そこで出会った男性と結婚して一女を儲け、今日、たまたま里帰りをしているという娘さんとお子さん達が、海外を思わせるような、とてもフレンドリーな雰囲気でディナーを楽しませてくれた。それにしても、最高学府の国立大学で哲学を教える先生から、ビールを注いでもらい、取り皿に料理を小分けしてもらうとは。記念すべき、生まれて初めての経験だ。

2階がバレエスタジオになっているということで、お願いをして見せてもらった。先生とは長い付き合いだが、バレエスタジオを一度も見たことがなかったので、興味があった。壁にはずっと奥までバーが設らわれていて、「あぁ、このバーで基本的なバーレッスンをするのか」と思った。バレエスタジオの床は、一般の家庭とは大違いで、分厚くできているようだ。写真や画像でなく、実際の現場を見せてもらい、少しバレエが身近になったように感じた。

私が娘さんの案内でバレエスタジオを見せてもらっている間、先生は、先日の公演を松本さんと振り返り、公演を鑑賞したご長男も加わって、和やかに会話を楽しんでいたようだ。私も席に戻って、結局夜の9時過ぎまで食事とお酒、そして何よりも会話を満喫してからタクシーを呼んでいただき、ホテルに戻った。

私には身に余る経験で、帰りのタクシーの中で先生に、

「今日は良い経験をさせていただき、ありがとうございました」

心底そう思い、普段はあまり言うことのない丁重なお礼を言った。

私が現地で、こんなに素敵な会食をした事など、アフターミーのママとマスターは知る由もない。先生は、高松から「和三盆ほろほろクッキー」を土産に買って、アフターミーに顔を出した。お土産を受け取ったママが、

「和三盆って四国で生産されるお砂糖よね。それをクッキーにしたんだ。美味しそうね。先生、ありがとう」

マスターもママの脇から「先生、どうもありがとうございます」と口を添えた。

高松から帰り、先生の日常が戻った。

先生は、朝は部屋でパンやバナナ、牛乳で簡単な朝食を取るが、昼食と夕食は必ずといっていいほどアフターミーで済ませる。一般の飲み屋や定食屋と違って、毎日、食材の違う健康的な料理を作り、予めリクエストしておくと、その料理を作っておいてくれるから、独り身でなくても、頻繁に行きたくなるお店だ。通い始めて常連客となった先生は、仮に仕事などの都合で行けなくなる時は、「ママ、今日は行けないからね」と必ず電話で伝える。

時々、私と一緒に別のお店で食事をしている時に、

「今日は仕事で行けないからね」

別に、毎日必ず行かなければならない訳ではないのに、行くのが義務のように思っている先生が、少し緊張気味な表情でママに電話した。

「今日はどこで浮気しているの？　帰りに来なくちゃダメよ」

察しのいいママは、別の店で飲んでいることが分かるので、暗にほのめかすかのように言うと、「じゃねぇ」と言って、そそくさと携帯電話を切ってから、

「あら、どうして分かるのかしら？」と訝る。

電話越しのママが、嘘のつけない声のトーンから、他所で飲んでいるのを察知しているとはつゆ知らず、

「何で分かっちゃうのかしら？」不思議そうな表情で私に言う。

純粋培養された先生なればこそ、自分の声のトーンが変わっていることすら気付かない。

＊先生のボケ防止策

そんな先生だが、その記憶力には驚く。

私の出身地である新潟県の市名を全て諳んじているのだ。

「阿部さんは自分の県のことだから、新潟県の市の名前は全部分かるでしょう？」

少し自慢げに大きな鼻を膨らませ、ドヤ顔で言う。確かに先生の記憶力は抜群で、私が

以前話したことと、今言ったことが違った時など、蔑んだ目をして違いを指摘した。

「そんなの分かりませんよ。私は群馬に近い南恵雪市だから、東京に来ることは多くても新潟市の方なんかにはあまり行ったことはないし、ましてや下越や上越の方なんかに全然行かないから、私はほとんど分かりませんけど」

「何で、他所の県の市の名前になんて興味があるのだろう？　どうでもよいことを」と思ったが、いや違う。日本各地の呼び名には、その文字にその地域の歴史的特徴や先人の思いなどが込められていて、確かに味わい深いものがある。

「えぇ、そうなの。私は全部言えるわよ。言ってみようかしら」

最初に新潟市から始めて、順に市の名前を言い始めた。自信がありそうだが、きっと全部は言えないだろう……。

「長岡市、三条市、柏崎市、新発田市、小千谷市、魚沼市、阿部さんの南恵雪市……どう新潟には全部で20の市があるのよ。その他に、越後湯沢は南魚沼郡よね」

何と、全ての市と郡の名前を言った。

「先生、すごい。私なんか魚沼市と南恵雪市、長岡市、柏崎市、新潟市くらいしか浮かんできません。何で、どうやって、新潟県の市の名前なんて覚えたんですか？」

めったに自分をひけらかすことのない先生の自慢話を聞いてみたくなり、お追従《ついしょう》でそう言ってみた。

「頭の体操よ。別にどの県でもよかったんだけど、阿部さんが新潟出身だから、そこにしただけよ」

「先生の福島県はどうですか？」

「もちろん、全部言えるわよ」

ところがある日、部屋で頭の体操をしていて、前日には全部言えた市の名前がどうしても1つ出てこない。こんな時、凡人なら、「そのうち思い出すだろう」と頭から切り離して忘れるが、先生は違う。思い出せないとイライラして、思い出すまで落ち着かない。

アフターミーにとって一番忙しい時間帯でも、構わず電話をしてママに答えを求める。

「もしもしママ、新潟県の市で1つだけ名前が思い出せないの、ママも新潟だから分かるでしょ。ほら、あのぅ、中条町とどこかが合併したところよ」

「あぁ、中条町と黒川村ですよね。それは、胎内市よ」

「わぁ、ママすごい。よく分かったわね。ああすっきりした。じゃあね」

用が済めばサッサと電話を切ろうとする。

「そんなこと、明日店に来てからでもいいでしょう。忙しいのよ」

「そんなこと言ったって、思い出せないとイライラして寝られないんだもの」

ママに叱られても、思い出せないことがあれば、忙しかろうが遅い時間であろうが、構わず電話する。何度か、私にも電話があった。

「ねぇ、阿部さん。ママに電話しても出ないから電話したんだけど、ほら、変な臭いがするけど食べると美味しい物、あれって、何だか分かる？」

謎かけのようなことを言って、電話をかけてくる。

「あぁ、〝くさや〟ですか」

「違うの、外国の果物なんだけど」

「あぁ、それなんだっけ。えーと、〝ドリアン〟ですかぁ」

当てずっぽうに言ってみたら
「そう、〝ドリアン〟だ。阿部さん頭が良いのね。あぁ、すっきりした。じゃねー」

自分の要件が終われば、こちらが何か言う暇も与えず、急いで電話を切ってしまう。頭の体操とはいうものの、齢を重ねた自分の老いを追い払いたくてする、人を巻き込んだ先生の悪しき習慣だ。

お祝い事

＊傘寿の祝い

先生が傘寿を迎えるので、私が営む会社の従業員や子供達が集まりアフターミーでパーティーを開いた。スギケンサンバを振付けたダンサーとして、一気にブレークした真国茂森が、大忙しの中、寸暇をみて顔を出してくれた。参加者は大喜び。

それにしても、巧みなトークで人を引き付ける技は見事で、真国が1人いるだけで座は大いに盛り上がり、先生の存在感が薄くなるようだった。

真国は、バレエでは先生の弟子だといったが、出会いは本劇のダンシングチームに先生が振付けしたことが縁である。バレエ・パッショネイ、ジプシー・ファンタジー、青春の詩、スペイン・シンフォニー、バレエ・カンカンなどを先生が振付け、真国が踊った。HDT華やかしき時代である。真国は、先生の振付けで、井上バレエ団の公演でも、何度かプリンシパルを担ったこともある、エンターテイナーだ。

主役を奪われた先生の、少し不貞腐れたような顔が子供のようで可笑しかった。この日の記念に、会社の泰平が写真を撮りまくり「傘寿の記念アルバム」を作って、後日、先生に贈った。思わぬ贈り物に気を良くした先生は、アルバムを手にしたその日の、私達の飲食代を支払ってくれた。

＊数々の受賞歴

先生のバレエ界での活躍は、数々の受賞がそれを物語る。昭和27年に、23歳の若きダンサーとして「芸術新聞新人賞」を受賞したのをはじめ、昭和59年には「橘春子賞」、平成4年には松下禎子賞を受賞した。そして、平成15年には、長年に亘るバレエ界での功績を称えられ「文○庁長官賞」が授与された。

先生との交流が始まる前の受賞については、私は知る由もなく、また、決して自分を誇示したり、自慢したりしない先生だから、大分後になって、先生が指導をするダンサーから聞くまで、過去の受賞歴を知らなかった。「文○庁長官賞」の時は、既に先生とは飲み友達になっていたが、授賞式の日までそのことを知らないでいた。この時も、授賞式から数日後、私の会社の従業員や音楽教室の先生、アフターミーで知り合った落語家さん夫妻などが私の住まいに集い「受賞を祝う会」をして祝った。

アフターミーの2人は仕事で来られなかったが、テーブルに並ぶ料理を準備してくれた。

「それでは、先生の受賞を祝い、カンパイ！」

私は、他の参加者に乾杯の音頭を取ってもらおうと思っていながら、それを忘れて自分でグラスを掲げていた。

「先生、先生は以前にも賞をいただいたことがあるようですが、どんな賞だったのかも含め、ご挨拶をお願いします」

目の前にいて、賞状の入った筒を手にした先生に挨拶を促した。

「今日はありがとう。私はね、高○宮殿下からいただいた賞が一番印象に残っているの。若い殿下と確か作家の遠藤○作さんからいただいたのよ。後はあまりよく覚えてないけど。だけど、23歳の時の賞は、初めてのことだったので、忘れられないわね。今回の賞は、賞状だけで副賞がないからつまんない。お金がもらえたら皆に奢ってあげたのにね」

冗談とも本気ともつかないが、悪戯っぽい目で皆を見渡すようにして挨拶を締めくくった。井上バレエ団でも盛大な祝賀会をやってもらったそうで、バレリーナがこぞって出席し賑やかに祝ってもらったそうだ。

私には、どのような価値ある受賞だか分からないが、少なくとも文○庁関係の識者が、バレエ界で活躍する先生を客観的に評価して授ける賞なんだと分かると、先生の小柄な身体が、いつになく大きく見えた。

ロマンス

＊最初で最後の恋

先生の周囲は女性ばかり——いや男性ももちろんいる。バレリーナの立ち姿は、何とも美しい。私の会社の製品展示会に、無理を承知で先生にお願いして、バレリーナに手伝いをしてもらったことがある。会社の展示ブースの前で、製品のカタログを抱えて、前を通る来場者に手渡しするのだが、他のブースよりカタログの捌け具合が違うように見えた。もちろん、カタログでなく彼女達の姿に惹かれて、つい受け取ってしまうのだろう。

前のブースの男性が、妙に優しい目で彼女達を見つめているのを、自社の展示ブース脇で眺め「してやった」と、ほくそ笑んだものだ。展示会は10月か11月の寒い時期に開催されるが、先生が顔を出してくれたことがあった。その年は、有楽町の東京国際フォーラムが会場で、そこに、遠くからでもよく目立つ、テンガロンハットをかぶり、黒い革のコートを揺らしながらゆっくりと近づく先生の姿があった。威厳を感じさせる出で立ちでお洒落でもあった。何様が来たのだろうかと周囲も振り返る。先生とバレリーナで、我々の展示ブースを盛り上げてくれて嬉しかった。そんな光景が数年続いた。

先生は、おそらく女性にモテただろうと思う。女性の園にいるのだからということでなく、とかく立場が高くなると有り勝ちな、傲慢さや威張った感じがない。稽古場で放つ言葉はきつく、時には怖い感じもないではないが、言葉に品があるし、レッスンを離れると人を包み込むような優しさで、誰とでも平等に接する。だから、モテて当たり前だと思うが、先生は、その「女性の園」の中の、誰か1人に特別な感情を示すことはなかった。

そんな先生だが、若き時に意識する女性がいた。後にプリマドンナとなった若く美しき女性である。気付いた時には、2人は一緒に暮らしていたが、籍も入れず、結婚式も披露のパーティーもしていない。お相手は、かなり年下のお嬢様で、先方のご両親に猛反対をされ、止むなく同棲を解消して、気付けばひとり暮らしに戻っていた。短い同居であり、それが最初で最後の夫婦と言えるような、淡く甘い、一時の新婚生活であった。

入院・手術

＊カテーテル施術

「阿部さんはいいわね、子供が3個（人）もいて」

先生はこの頃、そんなことをよく言うようになった。

家庭という生活臭が不似合いな先生は、85歳が過ぎても何事も1人で行うことを尊ぶ気骨ある人柄で、これまで人を頼ろうとしなかった。しかし、数年前に右足と心臓のカテーテル手術を行う時と、白内障の手術をする時は、流石に少しだけ私とアフターミーのママを頼った。

とはいっても、病院への送り迎えと手術の時の立会いだけだが。きっとこの時初めて、自分の年齢をはっきりと認識し、独り身の寂しさを味わったに違いない。

先生は、70歳を過ぎた頃から病院と縁ができたものの、入院の経験は、はるか昔に交通事故に遭って以来である。だから、入院の準備が大変だ。病院から渡された「入院の手引き」を読んで、必携品を準備するのだが、スリッパの代わりにバレエのレッスンの時に履く薄い布製の檀靴や毛糸の帽子と、これもレッスンの時に着る衣類だが、穴のあいたような薄い下着をボストンバッグに詰めて入院した。入院というより、どこか地方のスクールに教えに行くような出で立ちに見えた。

「阿部さん、私心配だからお金を沢山持ってきたの。手術の時は金庫の鍵を預けるから持っていてね」

「先生、病院の支払いは後からで大丈夫だから、病室のテレビのカード代金と、水やお茶を買う程度あればいいんですよ」

「あら、そうなの。だって心配だから沢山持ってきちゃった」

「どれくらい持ってきたんですか。まさか何十万円とかではないですよね」

「うぅん……」

「えぇ！　もっと上？　そんなに持ってきているんですか」

「だから、鍵をなくさないでね」

「分かりました、首にかけて落とさないようにしますよ」

鍵を預かる私は、失くしてしまわないか心配になってきた。カテーテル手術の時の入院期間は1週間でそんなに長くはなかったが、毎日のように見舞いに行った。

その日は丁度お昼の時間帯で、私が顔を出すと先生はベッドの上で食事を取っていた。

「あらぁ、阿部さん丁度いい所に来たわ。これ、私は食べられないから阿部さん食べて」

何かと思って見ると、のりを巻いた小さなおにぎりが数個皿に載っていた。

「私もお昼前だからいただきますけど、先生はお腹がすきませんか？」

「だって、何もしないで検査と寝るのが仕事だから、全然お腹がすかないの」

「そうですか、でも体力を保つためにはできるだけ食べた方が良いと思いますよ」

「そうだけど、いいの。どうぞ食べて」

「本当に食べないのなら、もったいないから遠慮なくいただきます」

そう言って、私は病院食のおにぎりを先生に代わって平らげ、完食したお膳を廊下にあるカートに返した。

それは良いのだが、先生は退院していつものようにアフターミーに顔を出すと、退院が嬉しくて、入院中の出来事をママとマスターに一生懸命話し始めた。

「ママねぇ、阿部さんは私の病院食を食べたのよ。本当に食べるなんて思わなかったからびっくりしたの」

何と、私が先生のおにぎりを食べたことまで報告するではないか。しかも自分から盗んで食べたかのように。この時ばかりは「このくそ爺」と罵り、

「何言っているんですか。自分が食べろ、食べろと言ったくせに」

私は、本気で腹を立てた。

冗談で言ったつもりの先生だったろうが、私の剣幕に気圧され、

「あらぁ、怒らせちゃった。ごめんなさい。ママ、本当は私が食べきれないから阿部さんに食べてもらったの」と詫びた。

結局、何事もなかったかのように、いつものふたりに戻り、病院での出来事を肴にビールと焼酎で退院を祝った。

2回続いた入院で、先生の死生観に変化があったように思う。

先生が入院するきっかけは、いつものように、馬鹿げた会話をしていた時に、先生が少し真顔になって、

「阿部さんね、私の足なんだけど、何だか痣《あざ》のようなものができて赤く腫れて痛いの」

「どこですか、ちょっと見せて下さい」

先生が自分で、右足のズボンをめくり上げると、くるぶしの少し上に赤い痣があった。

医学的知識など、私は持ち合わせていないが、見た感じから、何だか放っておけない痣だと直感した。

「痣のことはお医者さんに話したんですか？」

「うぅん、まだ話していないの。大したことじゃないと思うから」

そうは言うが、本心は違う。痛みもあり、良くない症状だと、自分が一番感じているから、医者に何か重い病名を告げられるのが怖いのだ。健康が自慢だったのが、今では片手いっぱいになる程の薬漬けの身だ。いつもは弱みを見せず、強そうなふりをしているが、それは、指導者という立場がそうさせているだけだ。

「そうですか、私も大したことではないと思いますが、一度診てもらって下さいね」

「そうね、ちょうど明日が通院日だから、主治医の先生に診てもらおうかな」

珍しく、この時ばかりは素直に従った。

自分で不安に思いながら私に隠していたことがもう1つあった。それは、毛細血管が弱

くなって出血し、赤黒い斑点のような痣が腕のあちらこちらにできていたことだ。この症状は、いつも飲んでいる服薬と高齢化のためで、気にするようなことではないと思ったが、もちろん、素人判断だ。

「おそらく薬のせいだと思うので心配はいらないと思いますが、念のため一緒にかかりつけの医者に相談して下さい」

私は、先生が訴えた2つの症状が気になり、検査してもらうよう勧めた。

先生の入院、手術はそんなやり取りがあって間もなくのことで、何か重い病気かもしれないと気に病んでいて、なかなか医師にも私達にも相談できないでいたが、医師からはっきりと病名を告げられ、外科処置で回復することを知ると、気持ちはスーと楽になったようだ。1人で悩み、隠していた病状が、カテーテル手術を受けたことで解消し、先生の表情が明るく変わったのを見て、

「良かったですね。これで100歳になってもバレエを教えられますね。100歳でバレエを教えていたらギネスブックものですよ」

「そうねぇ、まだまだ死ねないわね」

そんな冗談を言い合い、晴れ晴れとした先生の笑顔を久しぶりに見て嬉しかった。

その後の白内障の手術は、本人も周りも、あまり心配しなかった。というのも、年齢を重ねると多くの人が必ずといっていいほど思う目の水晶体の濁りで、今では1、2泊か日帰りで処置が済む病だからだ。

＊病を患って

先生が、家族や子供を意識し始めたのはこの頃だと思う。

年齢がそうさせたのかもしれないが、6人の兄姉を1人、また1人と失い始めた時期でもある。今日までバレエ教室で大勢の弟子達に囲まれ、レッスンに通う子供達からも慕われ、忙しくにぎやかに、しかも芸術分野で後人を育てている誇りから、自分の家族や子供達を　バレエ界の中に見出していた。行く末を案じることなど、これまで一度もなかった。

「阿部さんは子供が3個（人）もいるからいいわね」

どういうわけか知らないが、先生は私の子供の数を「人」とは言わず「個」と、いつも数で言う。別に「人」と言おうが「個」と言おうが、数は同じだからどうでも良い。だから、私は聞き返すことをしないが、冗談ともつかない、先生には不似合いの言葉を発することが多くなったのは気になった。血の繋がる兄姉を失い始めて、子供のいる私に少し嫉妬心が生まれたのかも知れない。これまで考えたことのない「余命」が、何だかすぐそこに感じられるようになったのではないかと、傍で見ていてそう思う。

先生以外の兄姉には、配偶者があり子供もある。先生には日本を代表するバレエ界のドン、芸術監督、指導者、振付師としての絶対的な地位がある。しかし、最近になって「家族のある幸せを、もしも私に妻があり、子がいたとしたら」とつい考えてしまう自分に気付き、驚いたに違いない。自分は何を求めて、これまでわき目もふらずこの道をひた走ってきたのだろうか。生活に不自由はないし、今でも振付けをし、バレエスクールで指導して定期的な公演もこなしている。毎日多くの人と接していながら、でも、何だか人恋しく、寂寥感を感じる時が増えた。これまでを思い通りに生き、充実した人生を歩んできたと思っていたのに、最近は何かが足りないような、もやもや感を覚えることが多くなった。漠然と心に広がっていたその正体が、今ようやく姿を現して、愕然とした。もう、これから努力しても得ることが叶わない、妻も子供もいない現実である。齢85を過ぎた身では、最早どうにもならないことだが、長いバレエ人生に浸りきり、「家族を得ることの幸せ」など全く考えることなく生きて来た。それを今頃に気付くなんて――。

世間には、結婚をしない人、たとえ結婚してもあえて子供を持たない夫婦も多い。自分もその範疇に含まれる人間だと割り切っていた。だが、「齢《よわい》を重ねる」は「弱《よわい》を重ねる」に通じる。これは誰もが行く道で、如何ともしがたいことだが、次第に、体力、気力が失われ始めていることに気付くと、結婚をしないで家族を持たなかったことが、良かったのかどうか、ふと頭をよぎることがある。そこに、6人の兄姉を次々に失った寂しさが覆いかぶさり、独り身の孤独が足元から冷たく這い上がるような感覚を覚えるのだ。今更後には戻れないし、別に後悔をしているつもりはないが、レッスンの時でも歩く時でも、脇に手伝いがいて欲しいと思うようになった。

風呂に入るため脱衣場で裸になった自分の、鏡の向こうに映る、老いて動きがのろくなった姿を視るのが辛く、嫌で、嫌でたまらなくなる。こんな時「もしも、自分にも家族がいたなら」などと、ふと、頭を過ることが多くなった。

その一方で、「待てよ」と問いかけるもう1人の自分がいた。もし私に妻や子がいたら、自分の「人が大好きな性格」が家族に向かってしまい、きっとバレエ一筋に生きてここまでやって来られなかったはずだと思った。独り身であればこそ、それを強みに、わき目も振らず毎日をバレエ漬けで過ごすことができ、レッスンに専念することができた。だから、現役を終えても指導者として、この年齢までバレエ界で必要とされ、生きてくることができたのだ。それならば、戻ることのできない過去を悔いても詮ないことだ。全てを肯定し、老いを如何に楽しむか。身体の動きが思うに任せられなくなる前に、優良介護施設で第二の人生を楽しむのも1つの考え方だと、自分を納得させた——。

「阿部さん、どこか良い施設があったら教えてね」

「任せて下さい。年に何度か都内の介護施設に顔を出していますから、先生にお似合いの施設を探しますよ」

「阿部さん、本当にお願いよ」

とはいうものの、先生はまだまだ施設への入居を真剣には考えていない。身体がきついと感じる時に口を突く弱音で、結構楽天的に100歳までは生きると思っている節があるから、まだまだ大丈夫だ。

しかし、私は密かに自分の気に入った介護施設のパンフレットを集めていて、さり気なく酒席の会話に交えて伝えた。介護保険制度が発足すると、様々な業種から介護関連事業に参入した。私は、年に約30の介護関連施設を訪れているが、そこで働く職員は、誰もが利用者に寄り添い、献身的に尽くしている。利用者1人1人のバイタルや日常の生活状況などを記録し、担当職員同士でその情報を共有し、介護サービスに生かす。気を遣い、時間を使い、身体を酷使して働く。そんな、大変な仕事の割には、給与・手当が不十分だと思う。これでは、介護分野に利用者が溢れても、職員は慢性的に不足してしまう。

この先、団塊《だんかい》の世代が後期高齢者となり、少子化が止まらないこの国の行く末を考えると、介護職員が十分に生活を営めるだけの施策が、待ったなしで必要だ。

私は、ネットで提供されている「介護サービス情報」を活用して、先生に最も相応しい施設を探してみたいと思っているが、一方では、生まれ育った、甥や姪、親戚縁者が多い福島の地で過ごすのが一番幸せではないかとも思う。しかし、都会派の先生がどんな反応を示すのか、落とし所をどこに置くのか、どうしたことか、これが私の悩み事になってしまった。

このところ、先生は歩行が大分のろくなった。たかだか300メートルの距離を進むのに、3回以上休む。住まいのマンションから駅に向かう方向は上り坂になる。若い人にはあまり気にならない勾配だが、高齢者にはちょっときつい。道の両側には、昔ながらの小さな店がひしめくように並び、結構な賑わいである。最近では、老舗といわれて古くから住民に愛されてきた寿司屋やとんかつ屋、おでん屋、焼き鳥店、雑貨店、洋品店などが減り、何々ソバ、何々丼といったチェーン店やファストフードの店が増えてきて、やがて、日本全国どこにでもある平凡な街になるのではないかと、寂しさを覚える。

そんな昨今でも、通りの彼方此方で、天気の良い日には、休息用の椅子やベンチを店の前に出しておいてくれる所があり、高齢者や怪我などで身体に障害のある人、妊婦さんに優しい心遣いがある。先生は自宅マンションを出ると、すぐ並びに最近できた、たこやき屋の横のベンチに、まず「どっこいしょ」と腰を下ろす。たこやきを買うことはめったにないが、この店の店長はとても優しい青年で、腰かけた姿を見かけると店の中で微笑みながら、「こんにちは」と声をかけてくれる。

他愛もないことのようだが、これがとても心地よいのだ。店長の姿が見えない日は、なんだか物足りない気分になり、そそくさと立ち上がると、次に向かう。

もう1軒は、昔からあるお茶屋だ。ここには赤い椅子が1脚置いてあり、店を預かる人は、ほぼ同年輩の少し腰の曲がった小柄なおばあちゃんで、どちらともなく声をかけて話すようになってからしばらくたつ。

時々お茶を買って、今向かっているアフターミーのママに、自分専用として渡し、昼と夜に淹《い》れてもらうのが習慣となった。

間もなく米寿を迎える年齢になると、今でも現役でダンサーを指導する身であるとはいえ、歩くことの難儀を受け入れざるを得ない。

「わたし、やっぱり田舎生活はできない。阿部さん、死ぬまで阿部さんのマンションにいるからね」

「福島の民間介護施設への入居を、元気なうちから考えてみたら如何ですか」

と、私が切り出した時の先生の反応だ。

経堂の便利さに慣れ親しんだ先生が、70年の時を経て田舎暮らしに戻ることを嫌うのは、分からなくはない。ならば、覚悟を決め、先生が私の所有するあのマンションで暮らし続ける限り、大家と店子の関係でできるだけのことはしようと心に決めた。

先生と私

＊先生は店子

先生が、私の所有するマンションに入居したのには、経緯がある。

それまで住んでいた14階建てマンションが、耐震性の問題と駅舎や周辺再開発の関係で取り壊されることが決まった。入居者にその旨が通知され、退居に際して保証金も出すという条件をのんで、先生も私もそこを出ることに同意した。一足先に私は、お風呂屋のあった跡地にできた5階建てマンションの1階にある、1LDKの1室を購入して移り住んでいた。

当然、先生もどこかにマンションを買って住むと思っていたが、

「阿部さん、私はマンションを買ってまで住むつもりはないから、どこか良い部屋を一緒に探してね」と言ってきた。

「えぇ、先生。でも先生は、マンションを買えるだけの蓄えはあるんでしょう？」

当然、手頃なマンションを買って住むものと思ってそう訊くと、

「それは買えないこともないけど、もうすぐ死んじゃうし、財産を残す子供もいないんだから、買わないの」と言う。

「そんなぁ、先生には甥や姪の方がいて、仲良しじゃあないですか。買って住んで、先行きはその方々に残してあげればいいんじゃないですか」

「そうかもしれないけど、甥や姪はそれなりにしっかりした生活をしているから、私のちっぽけな財産なんか欲しがらないし、私はひとり暮らしだから狭いところの方が住みやすいのよ。借りて住む方が家賃を払うだけで何もしなくていいから、その方が楽よ」

マンションを買う気も、自分で借りる手続きをする気もないので、これ以上押し問答をしても埒が明かない。

「そうですか。分かりました。あまり余裕がないから、時間を見て探しましょう」

「悪いけど、お願い、一緒に探してね」

そうはいうものの、私任せなのは初めから分かっていた。早速、ひとり暮らしに相応しいと思われる1LDKくらいの賃貸マンションを探し始めた。しかし先生が望む、経堂駅に近くてエレベーターが付いたマンションの1室がなかなか見つからない。

私が住むマンションは、駅から徒歩4分で、5階建ての1階庭付きで、先生が求める条件にぴったりだが、昼間は高年齢者を対象にしたパソコン教室に使っている。

先生の住まいを探し続けて約1か月が過ぎようとする頃、

「阿部さん、まだ私のマンションは見つからないの？　あと数か月で、私は今の所を出ないとならないのよ」

見つけられないでいるのを責めるかのように言う。

「そんなこと言っても、先生の言う条件を満たすマンションなんて経堂にはないんです。あっても人が住んでいて、空いてないんですよ」

「困ったわね。どうしましょう。イライラしてくるわね」

自分では探すことすらしないで、私に言い寄る。

「最悪は、私が私のマンションを出て会社事務所の1部屋に移り住んで、先生が私のマンションに住むという手があるんですけど、問題は、あそこで昼間パソコン教室をやっているので、教室を移さなければならないことです」

「そう、だったら教室を移して、私を阿部さんのマンションに入れてちょうだい。家賃は払うわよ」

「先生、簡単に言わないで下さいよ。教室を移すにはそれだけの場所を探さなければなりませんし、移転費用が結構必要だと思うので、ちょっと無理ですよ」

「どれくらいかかるのかしら。ほらぁ、今のところを出る時保証金が出るでしょう。私の分を全部出すから、阿部さんの所の分と足して何とかならないかしら？」

「それなら、先生はその退去費用を使って、経堂でなくても千歳船橋か祖師ヶ谷大蔵で駅に近い所のマンションを買うか借りる費用に充てたらいいじゃないですか」

何で買わないのか、私には理解が及ばない。これまでの先生の無駄のない清貧な生活を見たら蓄えは十分にありそうなものを、その蓄えで自分の城を持ったらいいのにと思う。

「だからぁ、マンションは絶対買わないの。今住んでいるマンションは、入り口に管理人さんがいるでしょう。だからとても安心だし、電気の球《たま》が切れたというと無料で換えてくれるでしょう。だから、そういう便利な所に住みたいの。祖師ヶ谷大蔵は教えているバレエスクールに近過ぎるし、経堂から離れたくないのよ」

移った後も、今と同じような部屋の管理をしてくれる所に住みたいのは分かる。でも、何百世帯も入居できる建物以外に、そんなサービスをしてくれるマンションなどないことを先生は知らない。人は、何でも知っているより、むしろ知らないことの多い方が、もしかして幸せなのかもしれない。

「そんなことを言ったって。あのね、今のマンションは何百もの部屋があるでしょう。だからあんなに手厚いサービスができるんですよ。他の小さなマンションでは、あそこまでのサービスはしませんよ」

「そうかしら、でもいいから探してね」

「それじゃあ、私と先生の保証金を当て込んで、パソコン教室が開けるくらいの空き部屋を探してみますが、入居費が結構高いと思いますよ、本当にそれで、後悔しませんか？」

押し問答に出口が見えず、結局、押し切られるようにして、先生の希望に沿う妥協をしてしまった。

私が事務所の1室に移り住むことで、かなり不自由な東京生活に戻ることなど、先生にはノープロープレムだ。全く自己中心的だが、これが先生だから腹も立たない。結局、私もパソコン教室も、私が所有するマンションを出て他に移ることにした。

「あらぁ、阿部さんが私の大家さんになるのね。それで私が店子よね」

何だか知らないが、先生はすごく嬉しそうにそう言った。

東京の生活が長くなって、たまには妻や子供達を呼んでやりたいと思って、ようやくローンを組んで手に入れたマンションだが、私が住んだのは2年弱だった。たった一度だけ妻は来たものの、とうとう宿泊することもなく、先生の住まいとなった。

でも、先生の引っ越しが済んでホッと安心した様子をみると、これで良かったと思うしかない。本当に嬉しかったのであろう。私の会社の者や引っ越しを手伝った仲間数人が集まり、寿司屋で行った先生とパソコン教室の引っ越し祝いの費用は、自分が全部持つと言って譲らなかった。

＊店子は我がまま

大家と店子の関係になって一月が過ぎたある日のお昼前、

「阿部さん、テレビが映らなくなったの」

と先生が電話してきた。昼休みに行ってテレビのスイッチを入れても点かない。なぜだろうと彼方此方見たのに分からない。電源コードを引っ張ってみたら、その先がコンセントから抜けていた。黙ってコードを刺し込むと画面にNHKの番組が映った。

「うぁあ、映ったわね、ああ良かった。阿部さんは何でも分かるのね」

呆れて、ものを言う気もない。喜んでいるので、特に説明もしないで、

「また何かあったら電話下さい」

と言って、昼食に向かった。

何日かして、また電話があった。今度は、脱衣場の電球が切れたので換えて欲しいという。自分でしようとしたができなかったというので、行って交換した。

先生がマンションを買わなかった理由がこれだ。大家を自由に使おうとしているのが見え見えだ。ここまでは私ができたので、先生が私を信頼する深度は深まった。ところが、次にきた電話もテレビが映らないという嘆きだった。テレビなしでは一時もいられない人なので、すぐに駆け付け、映らない原因を調べたが分からない。どこも悪くなく、電源コードも抜けてはいない。仕方なく会社に電話して、この当時新潟から東京に移籍していた泰平くんに来てもらった。

泰平くんは、彼方此方見た後、何とテレビとテレビアンテナを繋ぐ箇所を外して、

「あぁ分かった、これじゃ映らないわけだ」と言った。

アンテナのジャックとテレビを繋ぐ線の先端にある細い針のような突起が、上手く刺さっていなくて、中で折れ曲がっていたようだ。これでは、電波を受信できないから当然映らない。

「うぁ、泰平ちゃんはすごい」

その日以来、私の信用は完全に失墜し、泰平くんが孫のように可愛がられて、それからは先生は何でも泰平くんに頼るようになった。

体調不安

＊床に臥せる

「阿部さんは、新潟に帰ってしまうのかしら？」

一昨日（5月7日）レッスンを終えて帰った時から手足が冷え、少し歩いただけで心臓の鼓動が速まって息苦しくなり食欲もわかないので、少し気弱になっていた。何だか、これまでの体調不良とは大分違う感じで、お腹もすかないし、ベッドを出るのも億劫だ。いつも通うアフターミーに、

「ママ、今日も行けないの」

と電話すると、ママが、

「お食事をお持ちしましょうか？」

心配して、そう言ってくれた。

「大丈夫よ、何かあるから」。

「私がご一緒しますから、明日病院に行きましょうね」

と言うママに思わず「そうね」と応えていた。

それを聞いたママは、何だか嫌な予感が胸中を覆った。

「まさか、あれだけの病院嫌いが、素直に『そうね』と言うなんて……」

夕方の5時過ぎ、玄関のチャイムが鳴った。

「あらぁ、玄関のチャイムが鳴ったけど、阿部さんかしら？」

「先生、入りますよ」

弱気に沈んでいるところへ、鍵を開けて部屋に入ってきた友人の姿を見て、何だか少しホッとした。

「先生、お休みのようですが、体調は大丈夫ですか？」

阿部さんは私を心配して、そう声をかけ、

「明日の朝早く新潟に帰り来ますので、その前に庭の草を取って、綺麗にして帰りますね」

そう言うと、庭に出るため、軍手をはめ、草取り用の鎌を手にしてリビングのガラス戸を開けた。

「そう、悪いわね。それでいつ帰って来るの？　しばらく新潟には帰っていなかったでしょう。ゆっくりしてくれば」

そうは言ったものの、本心は経堂にいて欲しい気がしている。

1時間ほどで草取りを終えた阿部さんが、

「先生、具合は大丈夫ですか？　何か食べ物を買ってきましょうか？」

そう言って、気遣ってくれた。

「大丈夫よ、食べ物は買ってあるから」

冷蔵庫の中に何か食べ物が入っていると思い、そう言った。

「食べ物はあるんですね、それじゃ行ってきますが、帰ってきたらアフターミーで飲みましょう。令和になったお祝いもしたいし」

と言う阿部さんの笑顔が、何だか霞んで見えた。この所、体調が優れない日が時々あるが、今日の感じはいつもと違う。気持ちの中で、本当は病院に連れて行ってもらい、医師に診てもらった方がいいと思っているのだが、

「私は大丈夫よ。行ってらっしゃい」

つい、弱音を吐きたくない自分のプライドが勝り、そう言ってしまった。

「明日は、用事があるので朝早く出かけてバスで帰ります。大事を取って、今日はよく休んで下さいね。それじゃ、行ってきます」

そう言うと、阿部さんは玄関を出て、ドアのカギを掛けて行ってしまった。

永久の別れ

＊ひとり旅立つ

5月の連休後半、私は新潟に帰る高速バスに乗るために池袋に向かった。

昨日の夕方、先生の住むマンションの庭の草取りをして部屋を出る時、先生はベッドに臥していた。一昨日頃から、あまり食欲がなく、体調も芳しくないようだ。

「先生、具合は大丈夫ですか？　何か食べ物を買ってきましょうか？」

冷蔵庫の中まで確認しなかったが、流しやリビングに食料が見当たらなかったので、そう聞くと、

「大丈夫よ、食べ物は買ってあるから」

どこにあるのかも疑わず、そう話す先生に、

「4、5日で戻りますから、帰ったらアフターミーで飲みましょう。年号も平成から令和になったことですし、皆に声をかけて、お祝いもしなければなりませんね」

多少心配ではあったが、そう軽口を叩いて、

「それじゃ、行ってきますね」

と少し大きな声で言って、マンションを後にした。

一夜が明け、私は所用を済ませてから帰省するため、朝早く部屋を出た。

先生のことはやはり気掛かりだが、早朝のため電話をするのは控えた。すると、携帯電話の着信音が鳴った。それはアフターミーのママからで、

「先生を病院に連れて行こうかなと思って、朝、電話をしたのだけど出ないの。私は先生の部屋の鍵を持っていないので、会社の人に鍵を持ってきてもらい、マスターと一緒に様子を見て来てもらおうと思うのよ」と言った。

私は、会社の電話番号と久川の携帯電話番号をママに知らせた。

ママからの電話が気になり、嫌な気持ちを抱きながら、池袋を午前10時に出発した車中の私は、いつもなら小説を読み、疲れたら眠り、お茶を飲んで過ごすのだが、胸騒ぎがして、落ち着かない。

先生を部屋に残してバスに乗ったことを悔いた。窓の外の景色を見るともなく見ていると、昼の12時を少し回ったところで、再び携帯電話が震えた。

「先生が部屋で倒れていて、今、救急車を呼んだところです。先生に意識がなく、呼びかけても返事がありません」

携帯電話のパネルの冷たい文字が、そう伝えていた。

「あぁ、やっぱり……」

私はバスの運転席に向かい、

「1つ先で降りる予定でしたが、越後湯沢で降ろして下さい」と、お願いした。

「先生が倒れたので東京に引き返すから、越後湯沢の高速バスのバス停まですぐに向かって欲しい」と妻にメールすると、すぐに妻から、

「分かりました」と返信が来た。

バスは、休憩場所の上里サービスエリアを出て、赤城高原付近に差し掛かっていた。早く、早くと気持ちは焦るが、こればかりはどうにもならない。

次のメールは、会社の部下からのもので、

「救急車はそのまま帰り、代わって警察の鑑識が来て、先生の死亡を確認しました」

無慈悲にも、私が恐れていた最悪の事態を告げてきた。

「やっぱり、そうか、ちくしょう」

唇を噛み、しばし呆然と、車窓を流れる山の木々を眺めながら、これから自分がすべきことに思いを巡らせていた。

バスが、湯沢インターの停留所に着いた。迎えに来てくれた妻の運転する車で、越後湯沢駅に向かい、新幹線に飛び乗り東京に引き返し、先生が運び込まれた小田急線の梅ヶ丘駅に近い警察署に入った。

既にバレエ関係者と、近くに住む身内の方など数人が先生との対面を済ませていた。

私は、警察官の案内で霊安室に向かい、そこに横たわって眠る先生と対面した。後悔が強い重みで胸を押し潰し、息苦しさを覚えた。

まさか、昨日はベッドに伏していたとはいえ話をした。それなのに、今はこんな姿だ。

何で先生の様子を気にしていながら、もっとよく観察して、病院に連れて行かなかったのか。気遣いが甘く、孤独と不安の中にいた先生を、たったひとりぼっちにして死なせてしまった。頭の中が真っ白になり、涙さえ落ちてこない。薄く髭が伸びて冷たくなった先生の顔を両手で摩り続け、自分の至らなさを詫びた。

どれくらいそうしていたであろうか。気付くと涙が頬を伝い、顎から滴り落ちて先生の髭を濡らしていた。

「先生は、清く流れる小川と、色とりどりの花が咲き誇る、苦しみや悩み事のない、黄泉の美しい世界に籍を移した」

私は、そう思うことで、心の平静を、辛うじて保っていた。

＊葬　送

先生の逝去は新聞などで報じられ、葬儀は、井上バレエ団葬として執り行われた。踊りを指導した美しきバレリーナが勢揃いで見送る、バレエ界ならではの華やかな葬送だった。

学生時代に、先生の部屋で一時期同居し、大学を卒業して教員となり、晩年には校長先生を勤め上げげた甥の藤木さんの挨拶が、悲しみの中に束の間の笑顔を誘った。

「おじさん、さようならだね。だけどおじさんが羨ましいよ。だって、こんなに綺麗でスタイルの良い大勢の美女達に送られて旅立てるなんて。私もこんな風にして見送ってもらいたいなぁ」

流石に、校長先生を勤め上げた人のスピーチだ。ウエット感のあるお別れの言葉の合間に、多少のユーモアを交えた巧みな挨拶は、参列者の心に響いた。

＊納　骨

後日、先生のお墓がある実家で納骨が行われた。私は、叔父の葬儀と重なってしまい、断腸の思いで欠席の非礼を詫び、会社の久川に参列してもらった。納骨が済み、その後のお斎の会場は、大分前に先生と清和のマスター達と行ったことがある、きのえね温泉の旅館大神屋だったと聞いた。納骨には、アフターミーのご夫婦も参列したのだが、そのお斎の席で、先生の親戚の方が、携帯電話に残るアフターミーのママと先生が交わした会話のやり取りを聞かせてくれたそうだ。

「明日病院に行きましょうね」と言うママの気遣いに対し、先生の、

「そうね」という声が、はっきりと録音されていたという。

携帯電話を持ちたがらない先生に、私が押し付けるようにして持ってもらったのだが、電話を掛けることと受けることくらいしか知らないはずなのに、私でも知らない録音機能をどうして知ったのか、解せない。

「何で録音できたのだろう？」

不思議なことがあるものだと、ママと顔を見合わせた。

＊回　想

私が世田谷に小さな会社を設立して26年、その内の20年以上を、飲み友達であり、生きる上での心の師匠として、長い時間を先生と過ごした。

無教養の私に、先生が振付け、監督したバレエという素晴らしい総合芸術を、馴染みになったダンサー達が、華やかに舞う姿を幾度となく鑑賞させてもらった。

何よりも、己にぶれない信念をもって、わき目も振らずクラシックバレエという芸術の世界で築き上げた生き様を、1人の人間、1人の先輩として、無言のうちに教え諭し、私の歩むべき道標を残してくれた。

人と人とが、何かの偶然で知り合い、お互いを認め、高め合いながら歩むのが人生だとしたら、先生との出会いは、我が人生最大のイベントで、他に代えることはできない。

『わが師、我が友』

それが、私にとっての先生だ。

旅行の思い出

*平成のきのえね温泉

きのえね温泉旅館大神屋は、先生の納骨の時のお斎に利用した旅館だ。

ある日先生が、

「ねぇ、福島のきのえね温泉って知っている。私の遠い親戚が、そこでたった1軒だけの温泉旅館をやっているのよ」

よせばいいに、この日は客数が少なく暇そうにしていた清和のマスターの気を引くようなトーンで話しはじめた。案の定、マスターが食いついて来た。

「よし、行こう、行こう。5月の連休後に休みを取るから、皆で1泊旅行だ、先生の驕りで。阿部さん、早速宿に電話して5月15日の泊まりを予約して」

「何よ、ただ遠い親戚がやっている旅館があるのよ、と言っただけでしょう。どうして急に行くことになるのよ」

マスターは、人の意見を聞くどころか、旅館の宿泊費を先生に負担させる気でいる。

「俺が休めるのは15日と16日だけだから、もう決まりだ。川西も阿部さんも大丈夫だろう？　だから先生も観念しな」

「もう、しょうがないわね。本当なのね。それなら私が電話するから、必ず行くのよ」

先生も人が良いというのか、自分が行きたかったのか、アッという間に話が纏まってしまった。

2週間後の15日午前8時、遅れてくるマスターを除いた3人が経堂駅で待ち合わせ、小田急線と中央快速を乗り継ぎ、東京駅で東北新幹線に乗った。

3人掛けの席に横に並んで座り、駅の売店で買った少し遅い朝食の駅弁を食べ、通りかかったワゴンを押すお嬢さんから缶ビールとおつまみを調達して乾杯。四方山話に花を咲かせながら、午前11時過ぎに新白石駅に着いた。マスターは仕入れの都合で、夕方にならないと宿に着けないというので、一足先に出かけた私達は、新白石駅近くの「西湖公園」を散策することにした。

この公園は、1800年代に12代白石藩主が「身分の差を超えて誰でも憩える所」という考えのもとで築造した公園といわれていて、シーズンには湖畔に何百本もの吉野桜が咲き誇り、大勢の観光客が訪れる。この日は、桜を愛でるには遅過ぎたが、5月の連休後半ともあって、大変な賑わいだった。

この西湖は、湖の上を舞うトンビになって鳥瞰すると、クリスマスイヴにサンタの届け物を待つ靴下のような形に見える人造湖だ。西湖だんごが有名で、何軒か「だんご屋」がある。米粉を使ったウズラの卵くらいのだんご数個を串に刺して、それぞれのお店毎に工夫を凝らした、飴、ゴマ、みたらし、みそ、あんこなどをかけた味が楽しめる。

散策したら小腹がすいたので、茶屋で西湖だんごを食べ、お茶をいただいてから新白石の駅まで歩き、迎えの車を待った。

間もなくやってきた宿の送迎車に乗り込むと、先生は、運転してきた旧知のご主人と久々の会話を楽しむため、助手席に座りシートベルトを締めた。

車は、国道を会津下郷方面に向かって進み、鶏峠山《にわとりとうげやま》が左に見えると間もなく右に折れて山道を行く。やがて周囲に人家が全く見えなくなる頃、ようやく山奥の秘湯と呼ばれるきのえね温泉旅館大神屋に着いた。

まさに、秘境の宿とはこういう所のことを言うのだと腑に落ちる宿だ。もちろん、周辺には何もなく、宿はこの1軒だけ。外観は古い木造でシンプルな作りになっていて、客室も畳部屋で洋室はない。浴場は宿の下を流れる阿武隈川渓流沿いに湧き出る湯本に建てられた別棟で、木造建屋の中の広々とした大岩風呂が、無色透明の低調性弱アルカリ性の高温泉を満々と蓄え、訪れた客の心身の疲れを癒してくれる。

『体を洗う場所ではなく、疲労回復と健康維持、療養目的で入って下さい』

パンフレットにはそう書かれていて、手拭いも石鹸も、もちろんシャンプーも湯場では使用できない。不純物の汚れが下流の阿武隈川を汚染させてしまうことを嫌っての計らいであろうか。最初はそれを聞いて驚く利用客も、納得して温泉の効用をゆっくりと堪能するという。

宿の客室から混浴の大浴場に辿り着くには、１００段を超える長い階段を下りなければならない。途中に踊り場があって椅子が備え付けられているが、行く時はいいのだが、湯上がりの火照った身体で階段を上るのは、高齢者にとってはとてもきつい。一気に上りきれるのは、若者か運動で鍛えた身体を持つ人でなければ無理だ。悔しいが、私も踊り場で一息ついた。日頃ずぼらを決め込み、運動不足で肥満体の身を恥じた。

ひと風呂浴びてからロビーで寛いでいると、清和のマスターを迎えに出た車が戻って来た。車から降りてくるマスターの、普段は見られない姿を見て驚いた。というのも、いつも見慣れた汚れた板前着でなく、青いカッターシャツにねずみ色のパンツ、しゃれた格子柄の薄茶のブレザーをキチンと着ているではないか。「馬子にも衣装」とは、まさにこのようなことを言うのだろう。身に着けるもので人のイメージがこんなに変わるとは。

マスターに風呂を勧めて、私と川西君は宿の従業員と雑談を交わし、「話の接ぎ穂」に尽きるとフロント脇のテレビを観ながら、風呂から出て長い階段を上がってくるマスターを待った。先生はというと、数年ぶりで会った宿の主人と、昔話に花を咲かせて尽きることがない。

「あぁ、いい湯だった」

ほんのさっき風呂に下りて行ったばかりのマスターが、もう上がってきた。

昔話で盛り上がっていた先生だが、マスターの足音に気付くと、

「なに、もう入ってきたの？　早いわね。そんなので温まったの？」

「行ってみたら人がいたけど、ほとんどが男ばっかり。混浴だというんで可愛子ちゃんが

入っているかと目を凝らしたら、おばあちゃん2人だけでがっかり。だから、ちょっと浸かってすぐに出てきちゃった」

「何を勘違いしているの。もう、マスターは嫌らしいんだから。みんな揃ったから食事処に行って夕食にしましょう。阿部さん宿の人に飲み物を頼んでね」

「まず、ビール3本と酒3合でいいですか？」

私が食堂で待っていてくれた仲居さんに注文すると、すぐに飲み物が運ばれてきた。夕食は、山の幸をふんだんに使った精進料理に近い品々が一人ひとりのお膳に盛られ、一見ヘルシー食にも見えるが、十分お腹を満たしてくれそうだ。それぞれが好きなお酒やビールを注ぎ合い、先生の、

「こんな旅行初めてね。ゆっくりと楽しみましょう。はい、乾杯」

の発声で、宴会が始まった。

「俺なんか毎日仕事だから、普段着の外出や旅行など年に1、2回あればいい方だよ。よし、今日は飲むぞ！」

と勇ましいマスターだが、ビールをコップ1杯飲んだらグラスを置いてしまうような下戸で、既に顔を赤らめている。飲めない分、食べ物は皿まで食べるのかと思うほど勢いよく平らげた。私と川西君はお酒が好きで、何の話をしたかも覚えていないほどよく飲んだが、それでも午後9時前には食事を終え、皆で酔い覚ましと腹ごなしに宿の外に出た。5月中旬にもかかわらず、山間の夜はものすごく寒い。正面入り口の道を挟んで向こう側に

置かれた自動販売機の明かりが薄く靄る暗闇の中で、青い光を放っていた。

何かが動いた。目を凝らして周囲を見渡すと、暗闇の奥に4つの丸く光るものが見えた。

「何だろう」と近づくと、その光が自動販売機の後ろに消えた。宿に戻り、

「さっき暗闇で光るものを見たけど、あれは何ですか？」

と、主人に訊くと、

「あぁ、あれですか。ハクビシンだと思いますよ。この辺りではよく見かける動物で、キツネやタヌキなども時々現れるんですよ」と教えてくれた。

男4人で訪れたのは5月の連休が明けてからだが、標高の高い、きのえね温泉では桜が満開で、宿の彼方此方に燕が巣を作りヒナを育てる、遅れてやってきた早春であった。

山奥深い温泉宿で命の洗濯をした翌朝、4人は宿の車で新白石駅まで送ってもらった。

朝が早かったので、時間はたっぷり残っていて、白石で少し遊んでから帰ろうと、競馬好きのマスターの提案で市内の場外馬券売り場まで足を延ばした。

先生も私も競馬は初めてだが、少し緊張気味に幾つかのレースの馬券を買ってみた。備え付けのモニターに、一斉にスタートして走る馬を見て興奮を覚え、賭けた馬のゼッケンに目を凝らす。残念にも買った馬券は悉く紙屑となってしまったが、気分は上々。初めての経験に満足した。

マスターは流石だ。いくつかのレースを仕留めてバイトの川西君に幾ばくかお裾分けをしていた。先生が、

「私にも分けてちょうだい」と、せがんだが、

「だぁめ、2人はお金持ちだから、だぁめ」と、相手にもしない。

近くのコンビニに立ち寄り、ビールとつまみを買い、新白石駅の改札を通ってホームに上がると、間を置かず上りの新幹線がすべり込むように入線してきた。午後3時を回ったばかりだからか乗客が少なく、私達は周囲に遠慮することもなく、ワイワイガヤガヤと1泊旅行を振り返りながら東京駅で新幹線を降り、中央線に乗り換えて新宿に着いた。そのまま小田急線の準急に乗り経堂駅に着くと、皆の足は自然とアフターミーに向かった。

「ねぇ、お土産は当然あるわよね」

と、ママに催促された先生は、

「白石の薄皮まんじゅうを買って来たわよ。美味しいのよ」

そう言って、ママに差し出した。

福島県の薄皮まんじゅうは有名で、白石市の柏鵬屋では、上品でなめらか、口どけの良さとサラッとした甘味の〝こしあん〟と甘さを控えた小豆本来の風味と粒々感を楽しめる〝つぶあん〟を謳った2種類の薄皮まんじゅうをお土産用に作っている。

「あら、偉いわね。本当に買ってきて下さったの」

嬉しそうに紙袋を受け取ると、マスターも近づいて、「ナオジィ、ありがとう」とお礼を言った。疲れてもいないのに、旅の疲れを慰労する名目で、その日も結構遅くまで飲んだ。

＊令和のきのえね温泉を訪ねて

令和になったきのえね温泉は、旅館大神屋の上を走る国道から降りる側道と繋がり、アクセスがとても良くなった。

新白石駅を起点にして、車で向かうとしたら、国道〇〇号を約22㎞走る一本道だ。進むに従い次第に細くなる山道を九十九折りに上り、約17㎞を走った頃に、白石高原カントリークラブが左手に見えてくる。さらに進み、きびきトンネル、安全坂トンネルと抜けて、すぐ左手の坂道を下ると、そこがきのえね温泉だ。

平成20年代に建て替えられ、モダンになった旅館大神屋だが、昔と何ら変わることなく満々と湯を貯えた大岩風呂は、温泉愛好者にとっては「自分だけが知る秘湯」にしておきたい気持ちに掻き立てられてしまう。

先生と宿泊した当時を懐かしみ、令和４年12月上旬、私は、後任として社長を務める久川と一緒に、相変わらず１軒だけの温泉旅館を訪れた。きのえね温泉は国定公園の中にあるため、昔からある温泉宿以外に建築が認められないようだ。だから、１軒だけというのが強みで、宿の売りにもなっている。

私達が宿泊したその日は、山には初雪が降り、旅館も薄っすらと雪化粧されていた。チェックインを済ませてから、宿の従業員に、

「改築前の写真はありませんか？」

と聞いてみたが、残念ながら見当たらなかった。

案内された部屋の窓から外を見ると、眼下の庭に植えられた木々に、雪が薄く積もり、旅館の風情を一層盛り上げてくれていた。

早速着替えをして、大岩風呂を満喫するために部屋を出た。

前に来た時は早春だったが、今は初冬の12月。浴場に向かう階段に出ると、寒気が身に沁みる。出口には防寒着と長靴が置いてあり、それを身に着けて階段を下りる。下りた先は外で、大浴場との間を流れる阿武隈川支流に鉄製の短い橋が浴舎の入り口まで架かっている。雪が舞うその橋を滑らないように注意して渡り終わると、すぐに脱衣場がある。裸になると震えが来るほどものすごく寒い。

プールのように広い湯船は、源泉掛流しの湯で満たされ、先客が2人湯気の向こうに見えた。冷えた身体を、ゆっくりと沈める。とても深い立ち湯だが、湯船の周りには岩が設えられていて腰を掛けられる。湯船の真ん中に大きな石が置かれていて、そこに座ることもできるが、その石を撫でると、何と「子宝に恵まれる」と伝えられている。

最初はぬるく感じたが、ゆっくりと浸かっていると次第に全身が温まり、上がる頃にはポカポカに温まっていた。浴衣を着、丹田を羽織る。更に防寒着で身を覆い、今度は降りてきた階段を昇る。これが、老体にはちょっと堪える。息を切らせながら登り、踊り場で少し休んでから2階の部屋に戻った。

窓の外は小雪がちらつき、日常の喧騒を忘れさせてくれる。

フロントに電話してハイボールを持って来てもらい、それをふたりで飲みながら、夕食の6時を待った。

「いやぁ、良い時に来たね。窓の外に薄っすらと雪が積もっているなんて、最高の雪見酒だよね」

私は、心底良い季節に来たと思ってそう言った。ふたりとも雪国、しかも豪雪地の生まれだが、こんな風情を感じながら酒を飲んだ記憶がない。

「そうですよね。何だか自分達だけで味わう雪見酒で、もったいないですよね。ここで皆と忘年会ができたら、最高ですね」

忙しいことを知りながら、無理を承知で誘った久川だが、寛いでいるようで安心した。

「付き合わせてしまって申し訳ないと思っていたけど、良い息抜きになりそうだね」

「お陰様で、十分な気晴らしになりそうです」

雪景色を見ながらグラスのハイボールを口に運ぶ久川の様子に、

「あぁ、一緒に来て良かった」と安堵した。

夕食は、他のお客と一緒の広間でいただいた。以前来た時はとは異なり、テーブル席に変わっていて、既に山菜を中心とした数種の品々が並べられていた。

ゼンマイの炒め物、ミズの玉のみそ漬け、椎茸と絹さやの焼き浸し、ワラビの生姜煮、くり茸の白菜炒めが小振りの四角くて横長5つに仕切られた器に少しずつ盛られている。これらの山菜は、私の新潟でもよく食べる食材で、特に珍しくはないが、料理の仕方でこうも美味しくいただけるとは。

風味豊かで、まろやかな味わいと言われる福島牛だが、その福島牛のせいろ蒸しは、鉄鍋に入れられ、未だ火をつける前の、固形燃料が置かれた鍋受けの上に載せられている。

川鱒と桜鱒は一緒の皿に彩り良く盛り付けられてあり、大いに食欲を誘われる。「日本料理は器で食べる」と言われるが、特に日本食の料理長が拘る器は、料理の味付けと相まって、それぞれの個性が滲み、味わいを一層豊かにする。食事の進み具合に合わせ、野菜の天ぷらや岩魚の塩焼きが順番に運ばれ、揚げたて焼きたてを味わえるのが有難い。

夫々《それぞれ》が生ビールを飲んで喉の渇きを癒した後、地元のワイナリーが生産した贅沢なワインをいただいた。酒席の締めは食事だが、福島産コシヒカリと野菜の味噌汁にお新香をいただき、デザートは、初めて食べる栃餅と果物だった。寛いだ食事の会話の中で、

「先生が倒れた時は大変だったね。私が新潟に帰ろうとしたばかりに、すっかり迷惑をかけてしまって」

先生が倒れた時のことを知らなければならないと思い、久川に訊ねた。久川は、アフターミーのマスターと一緒に、先生が部屋で倒れていた時の第一発見者だ。

私は、先生が亡くなった令和元年5月10日を振り返り、率直に迷惑を詫びた。

「そうでしたね。チャイムを押しても反応がないので、合鍵を使ってマスターと部屋に入ると、先生は風呂の脱衣場で仰向けに倒れていて、でも衣服はきちんと着て、手は胸の前で組んでいました。どこかにぶつけたのか、額の右に少し痣のような傷があったのを覚えています」

思い出すのも辛そうに久川が言った。

「マスターにも迷惑をかけてしまって。部屋でひとりきりで亡くなっていたので、警察から色々と聞かれたようだね」

「最初に救急車が来たんですが、すぐに引き返しました。代わって警察官が来て、現場検証をしました。やっぱり、職業上事件性を疑うのでしょうかね。でも、すぐに事件ではないと判断してくれましたが」

知った人だけに、倒れていた先生を発見した時の心中は如何ばかりだっただろうか。先生が亡くなったばかりの時は、詳しいことをあまり聞けないというか、聞きたくないような気がしていたが、ようやく聞けて、少しは気持ちの整理ができたように思えた。

＊お墓参り

早いもので、先生が亡くなってから間もなく4年になる。コロナ渦の影響で三回忌の法要はなく、お墓参りも控えてきたが、今日は先生の姪の関元さんのご厚意に甘え、仏壇に手を合わせ、お墓参りをすることが叶った。

居間の仏壇に歩み寄ると、先生が私を小馬鹿にしたように言った言葉が浮かんだ。

「阿部さんが、会社の出張などの出先から買ってくるお土産に美味しいものはないけど、この『塩大福』だけは美味しいのよね」

その塩大福とハッカ糖、それに私が作った「コシヒカリ」を仏壇に供え、

「先生、ようやくお参りに来ることができました。しばらくですが、そちらでの生活はどんなですか？　バレエを指導し、ビールも相変わらずジョッキ3杯を飲み干していますか？　私は大病を患い、長期入院をしましたが、今はこうして旅行ができるまでに回復しました。まだまだそちらには行きませんが、そのうち行きますから。そうしたら、また他愛もない話で盛り上がりながら、お酒をご一緒しましょう。また、お参りに来ますね」

仏壇に飾られた、先生の写真の顔が少し微笑んだ。

先生の納骨に参列できなかった私は、お墓にも案内してもらった。

生家から車で数分行くと、小高い丘状の斜面に先生が眠る関元家のお墓が建っている。

「お墓までの途中に、花屋さんはありませんか？」

そう関元さんに訊ねると、

「お花は飾りましたから買わないでいいですよ」と言われた。

下の駐車場に車を停め、坂道を少し行く。お墓は綺麗に掃除されていて、関元さんの計らいで既に生花が飾られていた。線香と蠟燭を供え、墓前にかしずき両の手を合わせ、先生のお骨が入ったお墓と向き合った。

何故だろう。目頭が急に熱くなった。来たいと思いながら、大病を患い、半年近くも病院で過ごし、またコロナ蔓延の最中に来るのを躊躇い、ようやく念願が叶ったことで胸が熱くなったのであろうか。

「先ほどは仏壇でしたが、今、ようやくお墓のお参りが叶いました。良い場所の立派なお墓で、先生は幸せですね。お骨はこの世でも、魂は千の風になって広い空を飛び回っているのですか？　私が見えますか……」

仏壇の前に座った時とは何かが違う。悲しみではなく、喜びでもない。この2つが混じり合い、「渾然一体」となったような安堵感で心が満たされた。

3年半の時を経て、お別れではなく、やっと「1つの区切り」ができたと感じていた。

私の父母は、私を産み育ててくれた。貧乏な家庭だったが、農家だけに、十分とは言えないまでも、農作物や山河の恵みでお腹は満たされていた。

同じ屋根の下で、祖父母や叔父叔母、兄妹が暮らし、毎日が泣いたり笑ったりで楽しく、決して卑屈になることなどなく中学卒業までを過ごした。

東京で起業し、単身赴任の私は、先生と親子のような交友を結び、両親から授かった私の個性、パーソナリティの中に、思いもよらぬバレエという芸術の種をまき、育んでくれた。

もう会うことはできないが、両親と同じように、これからも私の心の中に住み続け、私を支え続けてくれる。

くるみ割り人形

＊公演鑑賞

東京ドームに近い地下鉄都営三田線の駅で降りて、駅から地下で繋がる階段を上がると、文京シビックホールに至る。「くるみ割り人形」の公演が行われる大ホールの入場口前には、既に多くの人だかりができていた。「くるみ割り人形」には多くのちびっこダンサーが出演するので、その両親や家族で賑わっており、他の演目の時とは多少違う雰囲気だ。

私は、妻と娘家族の5人で開場を待つ列の中にいた。

毎年この時期になると、先生から、

「今年は何人でいらっしゃるの？」

と、S席のチケットを人数分用意してもらった。

「先生、毎年毎年で悪いから、チケット代金はお支払いします」そう申し出ても、

「ダメ、私の目の黒いうちはご招待よ」と相手にしてくれなかった。

定刻になると、入り口のドアが開いて順番に入場となる。一般のお客様と招待客の受付は別々で、私達は招待客の受付で、

「今年も、関先生からご招待いただいた、阿部です」

と告げて、チケットを渡し、パンフレットを受け取る。いつも、井上バレエ団の理事や顔見知りの清子さんが出迎えてくれて、

「いらっしゃい。あら、お孫さんね。いらっしゃい」

などと、声をかけてくれる。受付から奥のロビーには、今日の開演を祝うファンからの生花が所狭しと飾られてあり、華やかなバレエの雰囲気を一層華やかに醸し出している。

受付が終わった人々は、手荷物をロッカーに預け、ロビー売店に用意されている軽食や飲み物を手にして、「くるみ割り人形」やバレエについての蘊蓄などを語りながら、開演を待つ。井上バレエスクールでレッスンを受ける子供の中には、誰もが知っているような有名人の子供達もいて、いつだったかお母さん方の熱い視線にさらされている男優をロビーで見かけたのを思い出した。

会場は、子供連れのお母さんやバレエファン、招待客で徐々に席が埋まり、いよいよ開演を告げるベルが鳴る。話し声が静まり、照明が落とされると、ステージ前のオーケストラ席がスポットライトに照らされ、大きな拍手が送られた。指揮者が深々と一礼するのに合わせ、楽団員も一緒に頭を垂れた。

拍手は鳴り止み、タクトをかざす指揮者に注目が集まる。と同時にそのタクトが力強く振られ、チャイコフスキー作曲の小序曲が奏でられた。

照明は落とされ、いつの間にか上げられた緞帳の裏の薄いレース状の紗幕が下りたままのステージに淡い照明が当てられた。

するとそこに人形使いのドロッセルマイヤーがくるみ割り人形をマントに抱え、舞台の上手から現れて中央でその人形を上げた。同時に紗幕から透けて見えるクリスマスツリーに明かりが灯り、ドロッセルマイヤーは下手に去った。ゆっくりと紗幕が上がると、そこに、これから始まるクリスマスパーティーの華やかな場面が現れた。

「くるみ割り人形」は、毎年末恒例の公演だ。令和4年12月は、会場がリニューアルのため使えず、令和5年1月に日付を変えて行われた。

そのパンフレットには「振付 関直人」として、先生は今なおその名を遺す。

追悼公演

＊関直人を偲んで

関先生の作風は、大きく2つに分けることができる。

その1つ、物語性のある作品の代表が、先生の処女作「海底」だ。この作品は、海の世界を通じて複雑な人間関係の二面性を象徴的に描いたものだが、何と初振付けにもかかわらず、とても高い評価を得て、先生を代表する作品となった。

一方、シンフォニックな作品で、定まった筋書きのない、例えば「星座」のような作品の振付けも得意とした。古典的で分かりやすい、ある意味ではシンプルな動きにも見える踊りの中に、繊細できめ細かな配慮がなされていることは、どちらの作風にも共通する。

令和3年2月に行われた、東京・メルパルクホールでの追悼記念公演には、先生を偲ぶバレエ界の面々や人間関直人を愛してやまないファンが会場を埋めた。

開演を告げるベルが鳴ると会場は静粛に包まれ、やがて音もなく緞帳がスルスルと上がる。その舞台には、バレエ界を長きに亘り牽引し、苦楽を先生と共にした井上バレエ団の理事長が厳粛な面持ちで屹立していた。そして、中央のマイクに近づくと、一呼吸をおいて関直人のバレエ人生を交えながら、厳かに追悼の挨拶がなされ、会場を埋めた人々の涙を誘った。

緞帳がいったん下がり、再び緞帳が上がると、小泉八雲の怪談「雪女」をモチーフに、バレエと日本舞踊をコラボレーションして創作した「ゆきひめ」が、この日のために、ゆきひめ役に招かれた日本舞踊の踊り手を主演に演じられた。私が「ゆきひめ」を鑑賞するのはこれが2度目だが、こんなスタイルのバレエがあることに改めて驚きと感動を覚えた。

最後を飾ったのは、先生の生涯最高傑作ともいえる「クラシカル・シンフォニー」だ。リズミカルな音楽と踊りが一体となった明るい感じの舞台で、先生の追悼に相応しいエンディングだと思った。緞帳の前には、若き日に現役で踊る先生の姿や振付師、芸術監督として後進を育てる、大らかで穏やかな表情をした先生の大きなパネルが掲げられていた。

私は、数年前に鑑賞した「ゆきひめ」が強く印象に残り、いつかまた観たいと思っていたのだが「追悼記念公演」という思わぬ舞台でその希望が叶ったことを、複雑な気持ちで受け止めていた。

＊ゆきひめ（井上バレエ団パンフより）

雪の夜、若者が雪中に道を失います。

ゆきひめは掟に従い若者を殺そうとしますが、若者を哀れと思い、殺すのを思いとどまります。ゆきひめはしだいに若者に惹かれていきます。

ゆきひめは、

「今日のことは誰にも話さない」

と約束して里に戻った若者を追って山を下り、人間の娘となって若者に近づきます。

そしてふたりで所帯を持ち、幸福な生活を送りますが、ある日若者は約束を破って、遠い昔の思い出をふとその妻に漏らしてしまいました。

「しゃべったな」

ゆきひめは若者を殺そうとしますが、愛した夫を今度も殺すことはできません。

雪の精たちがゆきひめを迎えに来ます。ゆきひめは山に帰り、若者はゆきひめを追って山へ入ります……

先生と共に

＊ロシア（ソビエト）とバレエ

バレエはイタリアで誕生し、フランスで芸術の域に昇華し、ロシア（ソビエト）で黄金時代を迎えた格調高き芸術だ。

バレエを今日までの姿に昇華させ、バレエダンサーを志す若き男女が憧れるのが、ロシアに根付くバレエアカデミーで、バレエを志す若き男女が、一度はロシアに渡り学びたいと夢見るバレエ界の聖地ロシア。

コリオグラファーが描いたサイレント・ストーリーを、様々な装飾品や装置で施された舞台のスペースで、衣装を纏って踊るダンサーの身体と指揮者がタクトを振る音楽、そして照明の色彩と光の強弱とが渾然一体となって表現し、鑑賞する人達を美的仮想空間の世界に誘う、それがバレエだ。

そんなに素晴らしい伝統的文化を持つということは、そこで生きる人々の感性が優れ、芸術的センスを持っていることの証だ。

バレエで表現する物語には美と魅惑がある。人を愛で、人に寄り添う心がある。それほど高貴な芸術を国の誇りと思うロシアの人々が、こぞって戦争を肯定しているとは到底思えない。

家族や子供を思う気持ちはロシア人とて同じはずだ。それにもかかわらず、ロシアはウクライナを攻め立て、子女を含む市民の犠牲を顧みることなく攻撃を大規模化させている。どうして、こんなことが起きてしまうのだろうか。ロシアを除いては語れないバレエの世界であればこそ、先生が健在で今日の惨状を知ったら、どんなに嘆いたことだろう。

先生は、ロシアによる野蛮な侵略戦争を知らずに旅立った。

それで良かったのではないだろうか。今は、つくづくとそう思う。

エピローグ

＊令和の紛争を憂えて

どこの国にも同じように芸術の域に達した踊りがあり、楽器があって音楽がある。地球上のどこで生まれ育とうが、音楽と歌と踊りは人類共通のＤＮＡだ。

日本舞踊は、日本最古の歴史書『古事記』にその原型が認められ、脈々と受け継がれて今日に至る日本古来の芸事だ。その日本舞踊とバレエとが一体化した「ゆきひめ」が観客の感動を呼ぶのは、同じＤＮＡを持つからだ。

一方で、争いを避けられない性を持つのも人間だ。

だが人間には「知恵」が備わり、争い事を極力避ける方策を絞り出し、最悪を避けようとする対応能力を兼ね備えている。そして上手く「和解」できた時、それを祝って手を握り合い、楽器を鳴らし、歌って踊るのだ。

争いは相手を打ちのめすものではなく、自説を投げかけぶつけ合う、その延長線上で和解を探り、どこかの時点でお互いを認め合う行為だと思う。

いつのことだっただろうか。先生が、

「争い事はどこにでも、誰にもあるけど、相手を打ち負かすためのものではないのよね。

お互いが自分の考えをはっきりと言い合うのだけど、言い尽くしたら、もう仲良くしなければと思うようになって、そしてどこかで折り合い『仲直り』をしてお互いを認め合うものなのよ。人と人の争い事は、先に手を出した方が負けよ。国と国の争い事は、先に兵器を使った方が負けなの。結果はどうあってもそうだと思うの」

先生らしからぬ、真剣な表情でそう言っていた時の姿が蘇った。

その通りだと思う。ロシアのウクライナ侵略や、幾つかの国の威嚇行為は、先生の言う「仲直り」の原則を無視した、一方的で野蛮な行為でしかない。

「武器が放つきな臭さ」が全世界を覆い、人類だけでなく、生きとし生けるものが終焉を迎えてしまう前に、解決に向けた「人類の智恵」が待ったなしに必要な時だ。

国や民族を超えた共通の芸術を通じ、地球上の全ての生命が、生き生きとコラボレートして共存する、そんな日は来るのだろうか。

邂逅

＊ハワイ旅行を懐かしむ

いつもの「清和」で、私は先生に、

「先生は仕事柄、海外に行くことが多いと思うんですが、行き先はやはりフランスやイタリア、ロシアなどですか」

と質問調で話しかけた。すると先生は、

「そうね、今は少なくなったけど、アメリカやフランス、イタリアにも行ったわね。変なことを思い出したけど、イタリアに行った時、私がご馳走するから美味しいお店に入りましょうと、皆を連れてレストランで食事をしたの。そして、さて、お勘定をしましょうと財布を探しても、バッグの中にも上着のポケットのどこにもないのよ。いくら探しても見つからないから、誰かが代わって支払ってくれたの。どうもスリに狙われたみたいで、大恥をかいたのよ。お金ももったいなかったけどね」

海外での公演の様子を知りたいと思った私だが、嫌な思い出を蒸し返らせてしまったようだ。話題を代えて、

「先生は、ハワイに行ったことはありますか？　私は一度も海外に行ったことがないので、

外国に行ってみたいんです。どうせなら、まずハワイがいいですね」

「あら、阿部さんは外国に行ったことがないの。私はね、振付けの勉強がしたくてアメリカにしばらく滞在したんだけど、そのアメリカの帰りにハワイに立ち寄ったことがあるのよ。私のお友達の九州の人が、ハワイに別荘を持っていてね、1年の半分くらいハワイにいるの。だから連絡をして、ホノルルまで車で迎えに来てもらって、数日間ホテルに泊まり、あちこちに連れて行ってもらい、美味しいものを食べさせてもらったのよ」

「わぁ、いいな。先生、今度私も連れて行って下さいよ。カバン持ちでも何でもしますから」

私は本気でハワイ旅行に連れて行ってもらいたくて、ダメもとで先生にせがんだ。

「そうねぇ、阿部さんは会社の社長さんだし、私は12月の『くるみ割り人形』が終わるまでだめだから、12月の後ろの方で4、5日、阿部さんは休めるの？　どうせ行くなら4、5泊はしたいわね」

先生は、ハワイの友人に逢いたくなったのか、乗り気のようだ。

そういえば、海外生活が長い先生だが、当時の話をほとんど聞いたことがない。

「えぇ、本当に連れて行ってくれるんですか。私も暇ではないですが、行けるんでしたら、どんなことをしてでも休みを取ります」

「そぉ、それなら、中旬以降で阿部さんの都合のいい日を選んで、阿部さんが計画して下さいね。全部お任せします。心配しないで、お小遣いは出せないけど、旅費は私が出してあげる」

「本当にいいんですか？　夢みたいで信じられない」

まさか、先生がこんな反応ですぐに応じてくれるとは。「瓢箪から駒」——言ってみるものだ。その上、旅費まで負担してくれるなんて、いくら何でも虫が良すぎる。

自分の分は自分で払わなければ、と思いながら、早速知り合いの旅行代理店にお願いして、4泊6日（機内1泊）のハワイ旅行を計画してもらうと、その数日後には、

「12月中旬成田国際空港出発の旅程表ができました」

と連絡が入った。

出発当日の朝、初めて海外に旅立つ興奮でよく眠れなかったが、体調はすこぶる快調だ。事前に準備したパスポートやカバンの荷物を再度確認して、先生と待ち合わせの経堂駅に向かった。先生と一緒に電車を乗り継ぎ、成田国際空港までは成田エクスプレスで行き、国際線の出発ゲートで出国の手続きを済ませ、高まる気持ちを抑えながら、ハワイ行きのジャンボ機に乗り込んだ。

飛行機のチケットは、エコノミークラスなのに、このフライト便は、たまたま1つ上のクラスの席に空きがあったようで、高齢者の私達に気を遣ってくれた客室乗務員が、我々をその席に案内してくれた。今までそう信じてきたが、チケットがそうなっていたのかもしれない。

それはともかく、テレビが左前に備えてあり、座席はゆったりと広く足が伸ばせるシー

トに埋まり、機内食やアルコールを楽しみながら、とても快適なホノルルまでのフライトを楽しんだ。長いフライトを終えて、ジャンボ機がハワイ・ホノルル島の上空に差し掛かると、眼下に青くキラキラと輝く海が迫る。間もなく機は着陸態勢に入り、機内のモニターには滑走路が映し出された。

「タッチダウン」

着陸の振動も少なく、これまでに写真やテレビでしか見たことのない、本物のホノルル空港に到着した。

入国手続きを終え、荷物を受け取って空港を出ると、先生が「この辺に電話があるはずよ、あらぁ、あそこにあったわ。阿部さん小銭のコインすぐに出せる、待村さんに電話するから」

と忙しなく言う。

「持っていますよ」

私はコインを数枚掌に乗せて差し出した。

先生は電話を切ると、

「外に出て車寄せで待ちましょう。すぐに来ると言っていたわよ」

待村さんの別荘は空港から近いようで、10分も待たずに先生を見つけた待村さんが車から降りて、笑顔を浮かべ私達に近づいて来た。

「先生、お久しぶり。〝来なくてもいい〟と言ったのに、よくいらっしゃいました。そちらが阿部さんですね。先生から電話で伺っていましたよ。ハワイは初めてでしたか、2、3日間私がお相手させてもらいますから、ハワイを十分に楽しんで下さいね」

先生とはとても親しいようで、軽口を交えて迎えてくれた。

「ありがとうございます。先生にねだって、初めてのハワイに連れてきてもらいました。この季節の日本は寒くて仕方ないのに、本当に暖かいんですね。お世話になりますが、よろしくお願い致します」

「では、車に乗って下さい。食事前に、ハワイのジャングルにお連れします」

「えぇ、ハワイにジャングルがあるんですか」

驚く私に、待村さんが答えて、

「ありますよ。そのジャングルに向かうまでの景色も、是非見て下さいね」

待村さんの運転する車は、ジャングルに向かって快適に走るのだが、いつの間にか私は目を開けていることができず、不覚にも眠ってしまった。だから、ジャングルに着くまでの景色をほとんど見ていない。

「何よ、阿部さんは。せっかくハワイの景色を見ながら連れてこようと思ったのに。すっかり眠っているんだから。時差ぼけね」

先生は、私が眠ってしまったことを諭した。

「すみません。どうしても目を開けていられなくなってしまいました。これが時差ぼけなんですね。そういえば、東京は今は夜だから、私の身体は熟睡したいしたいと思っているんですかね」

先生と待村さんに謝りながら、やっと目覚めたその目で、眼前に広がるジャングルに目を凝らすと、深い緑を薄っすらとした靄で覆った絶景が私達に覆いかぶさるように迫り、とてもハワイにいることが信じられなかった。しかし、後で考えてみたら、サトウキビ農園の労働者不足とハワイアンの人口減少を補うため、中国や日本などから入植者が入って開発されるまでの常夏のハワイは、このようなジャングルだったのではないだろうかと思った。

待村さんの案内でハワイを堪能した。

有名なゴルフ場の、窓の外に松明が灯るレストランの中で、民族衣装を纏って踊る幻想的な踊りを観ながら食べた、ロブスターの何と美味しかったことか。

別の日に、高級レストランでいただいたステーキの美味しさもさることながら、その厚さと大きさには驚かされた。

滞在3日目に和食が恋しくなって、先生と行ったごく普通の食事処でご飯を口にした時に、ふと隣で食事をする現地の人を見たら、何と、白いご飯が黒くなるまで醤油をいっぱいかけて食べていたのに驚き、スーパーに入って買うビールの安さを羨ましく思い、日本と違うハワイの一端を垣間見た。

この日は、外で夕食を済ませホテル内の売店でビールを買ってロビーで飲んでいると、派手な化粧の白人女性が私達の座るソファに近づいてきて、

「Give me a beer, too.（私にもビールをちょうだい）」

と言った。私は、何も考えずに、

「It's good, please.（どうぞ）」

私が、缶ビールを差し出そうとすると、

「阿部さん、ダメダメ」

先生は私の手を制止した。そして、

「No, No」「ダメ、ダメ」

右手の平を女性の顔の前で振り、すぐに席を離れるよう促したのだ。その女性の、恨めしそうな顔をして去って行く後ろ姿を目で追うと、向かう先に連れらしき男性が立っていた。

「あぁ、そうだったんですか。女性を売るつもりで、近づいてきたんですね。先生が一緒で良かった」

「そうよ。阿部さんは何の警戒もしないでビールをご馳走しようとするんだから。ここは日本じゃないのよ。絶対にそんなことしたらだめだからね」

普段に見ない強い口調で、先生には珍しく真顔で怒っている。

海外旅行で苦い経験をしたことのある人に備わる警戒心で、私のように初心で無防備な人間は注意が必要だ。私が1人だけなら、どんなことになっていたのかと思うと、ゾッとした。

「無警戒ですみませんでした。日本でこんな経験をしたことがないもんですから、つい嬉しくなって。先生、何だかビールが足りなくなりました。そこの売店で買ってきます。先生はいりませんか」

「そうね、私にも1本買ってきてちょうだい。お金は阿部さんが払ってね。危なかったんだから罪滅ぼしよ」

「かしこまりました。いい経験でした」

私は素直に反省し、売店で缶ビールを4本買って、今の出来事を忘れたかのようにロビーで遅くまで話し込み、気付けば11時過ぎ。それぞれの部屋に帰って休んだ。

翌日は、待村さんの友人の許さんとその息子と称する小学生くらいの男の子を含む5人で、中華料理を堪能した。

許さんはどう見ても中国系アメリカ人だが、その息子はどう見ても白人系で、許さんとは似ても似つかない顔立ちだ。「何で息子なんだろう?」と訝る私の表情を察してか、許さんが、

「息子と顔が似ていないでしょう。私の養子なんですよ。日本ではあまりないのかもしれませんが、アメリカは肌の色の違う子供を養子にすることは珍しくないんですよ」

と英語で説明し、それを待村さんが通訳してくれた。

アメリカの歴史を紐解くと、遠洋航海技術を身に付けたコロンブス以後、英国人のジョン・カボットが北米大陸の東海岸を探検すると、英国はこの地を領有し「ニューイングラ

ンド」と名付けて植民地化した。すると、フランスもセントローレンス川上流の地を領有するという史実を持つ。このように、西欧人による南北アメリカの開拓と、先住のインデアンの領地剥奪や虐殺などが起源のアメリカは、必然的に多民族国家となる宿命をもって建国された。

それに対して、島国でほぼ単一民族の日本は、周囲を海で囲われ、地続きで繋がる他国を持たず、鎖国で異文化を阻む時代を持つ特有な民族のため、同じ日本人であれば養子に迎えて我が子とすることがあっても、異民族で肌の色が違う子供達を養子に迎えるには、相当の度量が必要だと思う。

ハワイも島々の州だが、本国アメリカの建国精神は脈々と引き継がれていて、何の違和感もなく、どのような生い立ちの子供でも養子に迎える文化を持っているようだ。

中華料理が何とも美味しいその店で、小籠包や回鍋肉、棒棒鶏、五目春巻などを、ベルトがきつくなるまで堪能した。ビールもたらふく飲んだが、この店にはビールを置いていない。飲みたければお客が自分で持ち込んで飲むから、お店に払う代金は料理代のみで済む。許さんがクーラーボックスで持ち込んだ全ての缶ビールを空にして、会計に向かう待村さんについていった。

飲食店でチップを支払ったことがない私は、チップはどのように計算して支払うのか興味があり、待村さんが代金を支払うのを近くで見ていたのだが、代金の何パーセントをチップとして支払ったのか、分からなかった。

＊パールハーバーへ

「先生、せっかくハワイに来たのだから、待村さんにお願いしてパールハーバーに連れて行ってもらうことは無理ですかね」

「真珠湾に行きたいの？　そうね、そういえば阿部さんの奥さんは12月8日の開戦記念日が誕生日で、それに晶太君は8月15日の終戦日が誕生日だったわね」

私がいつか話した、身内の誕生日を先生は覚えていてくれた。

「すごい！　先生の記憶力。そんなことまで覚えているんですか。山本五十六は新潟の人ですし、奇襲作戦で戦争を開始したその場所に行ってみたいんです」

決して思い付きではなく、ハワイに行けたらパールハーバーに立ち寄ってみたいとずっと思っていた。

「そうね、でも、ここから大分遠いんでしょう。待村さんが何というかしらね」

「久しぶりにハワイに来たら、どうしても行ってみたくなったのでと聞いてみて下さいよ。私がお願いしてもいいですけど」

「分かったわ、私も奇襲を仕掛けた真珠湾に関心があるから、今夜電話してみます」

と、先生が応じてくれた。

待村さんは快く承諾してくれたようで、帰る前日、真珠湾に連れて行ってくれた。

早朝に、待村さんがホテルまで車で迎えに来てくれ、朝食は着いてからということにしてと約束していたようだが、待村さんは人数分のハンバーガーと飲み物を用意してくれて、車の中でいただきながら、晴天に恵まれた最寄りのフリーウェイに入った。

車がH201との分岐点に差し掛かるとH1へと進路を取り、そのままエアポートに向かって快適に進んだ。間もなく、出口番号15A「Arizonamemorial」の標識が目に入ると、少し走ってそこを降りた。

そして、そのまま真っすぐ99号カメハメハ・ハイウェイを4、5分走ったところがkaloloaの交差点で、交差点を左折したところに「パールハーバー・ビジターセンター」がある。待村さんの手馴れた運転で、無事に車は駐車場に停車した。

私達が訪れた真珠湾には、「アリゾナメモリアル」と、その周囲の「戦艦ミズーリ」をはじめとしたミュージアム群もある観光地で、着いた頃には既に沢山の人々が訪れていた。最初に、シアターで真珠湾攻撃にまつわるドキュメンタリー映像を鑑賞して、そのシアターから出ているシャトルボートで、アリゾナ記念館に向かった。

アリゾナは、日本軍の真珠湾攻撃で多くの乗組員が亡くなり、今なお1000柱近くの犠牲者と共に、沈没状態で水深12mの海底で静態保存されているアメリカ海軍の戦艦で、アリゾナ記念館は、この悲惨な出来事を決して忘れることのないように、沈没した当時のまま、永久保存することを目的に海に沈むアリゾナの上に建てられている。戦後65年以上もの時を超えて、今でも海底に沈むアリゾナ号から「プクプク」と重油が流れ出していて、今なお海底に眠る戦死者が多数いることを初めて知った私には、とても衝撃的な出来事であった。

次いで、ポツダム宣言を受諾後に公文書に調印し太平洋戦争終結の舞台になった「戦艦ミズーリ」の艦内を見て歩いた。

神風特攻機による日本軍の攻撃を生き延びた、かつての水上機格納庫や展示エリアでは、航空母艦「飛龍」のデッキ上に配置されているジオラマで、本物の零戦を見ることができた。他にも、オアフ攻撃中の民間の空挺部隊などが設置されていて、Ｐ40戦闘機も一緒に見学した。戦時中、ここは管理およびエンジン修理施設で、兵士や爆撃機および哨戒機で溢れていたという。今でも、両端にそびえ立つ扉の青いガラス窓には、日本軍の攻撃による弾痕が無数に残っていて、先生の口癖である「戦争は絶対ダメだからね」という言葉のもつ重みが腑に落ちた。

見学している途中で、何だかお腹に少し痛みを感じた私は、近くにトイレがないか探した。腹痛の原因は分かっている。

昨夜ご馳走になったステーキだが、大きくて分厚い自分の分を平らげ、更に、先生が半分に切り分けて、別皿に残した肉まで食べたので、胃腸が消化できる許容範囲を超えていて、朝から腹部に違和感があったのだ。

トイレはすぐに見つかったが、何と、ドアの下部が30㎝以上も空いていて、ドアの外を歩く観光客の足元が見えるのだ。これには驚いてしまい、結局用を足すことなく出てしまった。幸運にも、やがて腹痛は治まり、間もなく夕暮れを迎える真珠湾をあとにして、今朝来た道を戻り、ホノルルの宿まで送ってもらった。

あっという間に時は過ぎ、もっともっと滞在したいと思うほど、私を満足させてくれた旅だった。そういえば、せっかくワイキキにいながら、水着を着てサンダル履きで水辺を歩いただけで、泳がずじまいだった。

「先生、ハワイに来ていながら、海はサンダル履きで歩いただけでしたね」

「そういえば、そうね。阿部さんは若いんだから、今度は奥さんや子供達を連れて来て、海を楽しめば」

「そうですね。家族と来られるよう、仕事を頑張りますかね」

希望的観測を言ってはみたものの、また来ることがあるのだろうか。

初めての海外旅行のハワイを満喫し、帰りは、あちこちで買い求めたお土産をバッグに詰めて荷物室に預け、エコノミークラスの狭い席に先生と並んで座った。

飛行機はスムーズに離陸し、窓外にハワイの島々や青い海が広がっているのを眺めながら、そういえば、自分へのお土産が何もないことに気付いた。ベルト着用のランプが消えると、お土産品を乗せたワゴンが近づいて来たので、磁気の入ったネックレスを自分用に買い、長いフライトに耐えて帰国した。

「今度は、イタリアに行きましょう」

そう言ってくれた先生は、私とのイタリア行きの約束を反故にしたまま天に召された。

後書き

私が先生と慕い、20年の歳月を親子のような、飲み友達のような関係で付き合いを重ねて来た人が、本小説の主人公関直人先生です。

先生は昭和4年に生まれ、私は昭和26年生まれ。年齢の差が22歳もありながら、何だか馬が合った。私よりも四半世紀近くも前に生まれながら生活水準は高く、幼年時に映画で海外を知り、体験を通じて「忌み嫌った戦争」が終わると、その翌年に17歳でクラシックバレエのダンサーを目指すことができる恵まれた家庭で過ごした。

一方の私は「水呑み百姓」といわれ、14人もの家族が暮らす貧乏家で生を得た。映画を初めて観たのは、小学生の5、6年生の頃だから、昭和36、37年のことだ。

中学を終えるまで、文化・芸術とは全く無縁に、自然相手の遊びで山川と戯れ、15歳で上京することから私の社会人としての人生が始まった。

先生が、私よりも時代を先んじて過ごしたともいえる「逆時代間格差」に気付き、2人が歩んできた道のりを対比して表現することを試みました。

先生はバレエ界の重鎮で、出会った時は既に現役を去り、振付師、舞台芸術監督として後進を指導する立場にいました。バレエ界に縁も所縁もない私ですが、先生のお陰で、バレエ公演を度々鑑賞させていただき、その芸術性豊かで華やかなバレエ界の表裏を垣間見ることができました。

令和元年5月10日。89歳で他界するまで、先生は独身で私は単身赴任の独り者。頻繁に夕食を共にし、お酒を酌み交わしては他愛もない会話で笑い合ったのが昨日のことのようです。

先生が亡くなって、益々その偉大さに気付かされ、そんな先生の生涯を記録し、後世に残したいと立ち向かったのが本書です。バレエの経験も深い知識も私にはありませんし、先生の幼少期や現役で踊る姿を知りません。そこで、できるだけ正しい記述にしたいと考え、バレエ関係者や先生所縁の方々から色々と教えてもらいました。

しかし、先生の若かりし時代を知っている方がほとんどいませんでした。そこで、先生が歩んだ人生をモチーフにしながらも、登場人物や地名などはほとんど仮名とし、随所に私の憶測や想像、バレエ界に抱いた思い、イメージなどを加えて記述しました。

末筆ながら、本書出版にあたり、親身になって添削をしていただいた小高恵美子さんや数々のアドバイスをいただいた方々に、厚く御礼申し上げます。

阿部 年展

著者プロフィール

阿部 年展（あべ としのぶ）

1951年２月新潟県生まれ
横浜商科大学卒業
会社勤務を経て1994年９月に会社を設立し
代表取締役に就任
2020年に退職し、相談役兼農業に従事
新潟県在住

【著書】

『いちまつ模様』（2023年／文芸社）

ダンスール・ノーブル

2023年11月15日　初版第１刷発行

著　者　阿部 年展
発行者　瓜谷 綱延
発行所　株式会社文芸社
〒160-0022　東京都新宿区新宿1－10－1
電話　03-5369-3060（代表）
03-5369-2299（販売）

印刷所　株式会社暁印刷

ISBN978-4-286-24682-6